青少年心灵治愈故事系列

传递爱的力量

李加臣 编著

北京出版集团公司
北京少年儿童出版社

图书在版编目（CIP）数据

传递爱的力量 / 李加臣编著. — 北京 : 北京少年儿童出版社，2016.1
（青少年心灵治愈故事系列）
ISBN 978-7-5301-4589-0

Ⅰ. ①传… Ⅱ. ①李… Ⅲ. ①故事—作品集—世界 Ⅳ. ①I14

中国版本图书馆 CIP 数据核字(2015)第 234649 号

青少年心灵治愈故事系列
传递爱的力量
CHUANDI AI DE LILIANG
李加臣　编著
*
北 京 出 版 集 团 公 司
北 京 少 年 儿 童 出 版 社　出版
（北京北三环中路 6 号）
邮政编码:100120
网　址 : www . bph . com . cn
北京出版集团公司总发行
新华书店经销
固安县铭成印刷有限公司印刷
*
787 毫米×1092 毫米　16 开本　12 印张　140 千字
2016 年 1 月第 1 版　2019 年 3 月第 4 次印刷
ISBN 978-7-5301-4589-0
定价: 21.80 元
质量监督电话: 010-58572393

前言

成长路上，每一颗善感的心灵，都会有或多或少的纠结与忧伤。幸好这世上有一种疗愈的方法，它们藏在一个个小故事里，正如良师益友，陪伴着我们成长，帮助我们慢慢打开心灵，拥抱阳光。

"青少年心灵治愈故事系列"，包含了六本书，收录了近四百个精彩的小故事，囊括了勇气、诚信、认知自我、专注、友爱、情绪管理等各个不同的情商培养主题，是暖心的读物，写给正值青春前期，在经历某种程度的迷茫与疼痛的人。

每一本书精心选编了数十个精彩的小故事。这些故事，或出自一些对后世有着深远影响的历史事件，或来自古今中外名圣先哲们的生活片段。书中的每个故事都不长，却以通俗的语言和生动的方式诠释着本来简单的人生真谛与深刻道理。

对于成长中的青少年来说，故事里蕴藏的人生智慧，不仅有益于智力的发展，更有利于品格的养成和性格的塑造，给人以精神的滋养。故事中所传递的温暖、向上、积极、美好的能量，会伴随阅读不知不觉地在他们心中生根发芽，鼓励着小读者学会爱，敢于梦想，用专注、勇敢、诚实等高贵的品质塑造自身，淬炼一颗更强大、更坚韧的心来面对挫折，拥抱美丽人生。

本丛书的每个故事都有"心灵物语"和"心灵加油站"两个板块，

为读者提供了一种阅读引导，这里既阐述了故事的内涵，也给了读者静心思考的空间。每个故事都配有精美插图，美图美文，带领读者走进美好的故事世界。

本丛书的策划及组稿过程中，得到了北京市史家小学、北京市第三十九中学、北京市广渠门中学等名校德育名师的真诚帮助，他们从多年的青少年德育工作的实践出发，对丛书提出中肯的修改意见和建议，让这套书更加贴近青少年的成长轨迹，对他们的人生更有帮助。

一路成长，一定会是这样：有哭有笑，有奔跑也有跌倒，但我们终将去向美好的远方。“青少年心灵治愈故事系列”，是送给成长中善感心灵的最美礼物。让这些精彩的励志小故事帮助我们抚平忧伤、点亮心灯，沿着青春的航线，在温暖中远行，在憧憬中走向美好的世界。

编者

2016年1月

目 录

心灵物语

爱心尚德的慈善文化，是立人之本，也是立家之本；是兴业之道，也是兴国之道。

范蠡三散千金

春秋时期，越国大臣范蠡帮助越王勾践出谋划策，打败了吴国，复兴了越国。复兴之后，范蠡知道勾践能共患难，不能共富贵，自己再继续为官，可能会有生命危险。于是，他辞去官职，将财富分给贫苦的人，带着妻儿乘舟四处游历。

游历到齐国的海边后，范蠡发现这里民风淳朴、社会安定、富有商机，决定定居下来。他知道自己名气太大，容易引起人们的注意，于是改名为“鸱夷子皮”，开始从事经商活动。

范蠡在越国的时候，曾经拜老子的弟子计然为师，计然也曾经辅佐越王勾践，在越国负责发展经济，管理财政，他教给了范蠡很多知识。范蠡本身就是个聪明能干的人，加上有辅佐勾践治理国家的经验，很快在商场上干得有声有色。

范蠡在海边建起了庄园，雇用有经验的农民耕种，请技术最好的渔夫出海捕鱼，还和儿子一起收购蚕丝贩卖到其他地方。范蠡开展的最重要的业务是制盐贩盐。他组织大批有经验的雇工在海边晒盐，然后再运到周围地方售卖。他们制作的食盐质量好，价格公道，很快打开了市场。范蠡在短短几年的时间里，便积攒了大量财富。

随着商品销路越来越广，范蠡的名气也越来越大。有说书的艺人，甚至将他的事迹编成故事到处说唱。不知不觉消息传到齐王耳朵里，齐王认为范蠡是个人才，派王子前去请他辅佐自己，但被范蠡委婉地谢绝了。齐王爱才心切，亲自出马前去邀请，范蠡无奈之下接受了相印。他当了三年齐相，把齐国治理得富裕繁荣，兑现了自己的承诺，然后又坚决辞官。

离开前，范蠡将自己赚取的千万财富分给穷苦百姓和远房亲戚，自己只留下少数创业资金，来到陶这个地方定居，并改名叫朱公，当地人都称他为陶朱公。

之所以选择陶作为定居地点，范蠡是经过认真考察的。陶东邻齐国、鲁国，西接秦国、郑国，北通晋国、燕国，南连楚国、越国，交通非常方便，适合货物流通。范蠡在这里除了种地，重点发展贸易，特别是贩马。贩马，难的不在于买马，北方产马，很容易买到，卖马也不是问题，当时，马匹是各国都非常需要的战略物资，组建军队，自然需要大量战马。关键是从北方贩卖到南方，沿途盗匪很多，安全无法保证。

范蠡了解到有一位名叫姜子盾的大商人，经常往返南北贩卖布匹，实力很是强大，将沿途的强人都买通了，决定与他合作，用自己新组建的马队，免费帮姜子盾运货。姜子盾则利用自己的人脉，保证马匹的安全。果然，马匹很顺利地贩到南方，两人合作取得了双赢的效果。

事业发展得有声有色，钱也越赚越多，范蠡却并不开心。他是一个有抱负有爱心的人，自己过着锦衣玉食的生活，周围的父老乡亲却衣不蔽体，食不果腹，每天为生计挣扎，甚至经常有饿死冻死的人，他怎么能开心呢？经过反复考虑，范蠡说服家人，将财产捐给这些需要帮助的乡亲们，自己则继续做生意赚钱。就这样，范蠡三次将自己的万贯家财捐给了穷苦百姓。范蠡死后，当地人感念他的恩德，建了庙供奉他。后人更是尊他为文财神、商圣。

心灵加油站

范蠡之所以流芳千古，被后人顶礼膜拜，不仅仅因为他在商业上的成功，更多的是因他有一颗仁爱之心。范蠡是一名儒商，坚持“达则兼济天下，穷则独善其身”，把财富看成人生过程中体现社会责任的一个载体，致富不忘百姓，坚持仗义疏财，乐善好施。而且，在经商的过程中，他还用自己的商业智慧去带动一个地方的黎民百姓致富，他教会了当地人民制盐的技术，使许多百姓过上了富裕的日子。人们盛赞他“富好行其德”，尊称他为“商圣”“文财神”，这是对他创业赚钱能力的认可，更是对他仁爱待人、乐善好施的伟大人格的尊重。

心灵物语

爱兵如子，胜乃可全。领导者只有真心关爱下属，才能获得大家真心拥戴，团队才会有强大的凝聚力和战斗力。

吴起爱兵如子

吴起是我国春秋时期著名的军事家，从小家境富裕，曾经跟随孔子的弟子曾参和子夏学习知识。吴起非常喜欢军事，长大后，他决定当一名武将，带兵打仗，在战场上建功立业。

公元前412年，齐国进攻鲁国，鲁国边境告急，急忙征召有本事的人抵抗强大的齐军。

吴起赶来应征，当上了鲁军的将军。刚开始作战时，吴起让老弱残兵出击，这些老弱残兵自然没有什么战斗力，齐军几次冲锋就杀得他们丢盔弃甲，狼狈逃窜。

就这样，齐军接连获得了几场胜利。齐军将士渐渐骄傲起来，他们认为鲁国小，没有太多年富力强的士兵，只好把老人和孩子都赶上战场。结果就在齐军骄傲自大，以为胜券在握之时，吴起率领精兵突然展开猛攻，打了齐军一个措手不及，齐军大败，鲁国取得了卫国战争的胜利。

吴起本是有功将领，但鲁国国君不信任他。吴起无奈，只好离开鲁国，转投魏国。魏文侯非常欣赏吴起的才干，让他当了将军。吴起带领魏军与强大的秦军交战，很少失败。

公元前409年，吴起率魏军讨伐强大的秦国，所向披靡，一连攻克五个城池，夺得了河西地区，取得了极其辉煌的战果。魏文侯死后，吴起不被重用，只好转投楚国。他带领楚军击退了韩、赵、魏等国家的进攻，还完成了自己的兵法著作《吴子》。

吴起当将军，总是身先士卒，与大家同甘共苦。士兵们吃什么，吴起就吃什么；士兵们睡觉没有席子，吴起也不铺席子。军队行军时，每个士兵要背一定数量的粮食和军用物资，吴起和士兵背一样的物资，跟他们一道步行前进。

有一年，吴起率领魏军进攻中山国。军中有一个青年士兵，身上长了毒疮，痛得满地打滚。吴起看到后，心急如焚。毒疮里的脓血不排出来，病是好不了的。当时的医疗技术水平很落后，加上又是在出征途中，各方面条件都很差，要想排出脓血，只能用嘴巴去吮吸。

为了解除士兵的痛苦，吴起不顾毒疮又脏又臭，亲自用嘴巴吮吸脓血。等到脓血排净，士兵的病才逐渐好转。士兵知道此事后，感动得热泪盈眶，后来作战也变得特别勇敢。

正是因为爱兵如子，治军有方，吴起带领的军队始终都保持着旺盛的战斗力。他带兵三十余年，与秦、齐、韩、赵、魏等国都交战过，基本都取得了胜利，是历史上少有的常胜将军。因为吴起在军事上取得的杰出成就，后人将他与著名军事家孙武并称为“孙吴”，将他们的兵法合称为《孙吴兵法》。

心灵加油站

古人说：人心齐，泰山移。在现代社会，要想取得大的成就，不可能靠单打独斗，更多的要靠团队。带好团队和带好部队的基本道理是相通的。爱是领导力的重要组成部分。作为领导者，要想使团队保持强大的凝聚力和战斗力，首先要像吴起那样关爱下属，关爱员工。要了解团队成员的真实情况和需求，真心实意地关心他们的生活和工作，帮助他们解决实际问题，解除他们的后顾之忧，让成员感受到团队这个大家庭的温暖。这样，团队中的每一位成员才能真正有归属感，心甘情愿接受领导，竭尽全力为完成团队任务而奋斗。

心灵物语

有爱心固然很重要，但还要有帮助别人的能力，这就像太阳和油灯，虽然都能发光发热，但辐射的面是完全不同的。

屈原“盗米”

著名爱国诗人屈原小的时候，心地非常善良。他见自己家里有米有肉，衣食无忧，周围不少乡亲却缺衣少食，有的甚至冻死、饿死，心中非常难过。他决定帮助乡亲们。可是，怎样才能帮到他们呢？

想啊想，屈原灵机一动，有了！他趁大人不在，取了一个布袋，从家里的米仓舀出几瓢米，装进布袋里，背着来到村外的一条大路边。这里有不少山石，屈原在石头旁蹲下，用手把石缝内的脏东西清除干净，将布袋里的米倒进石缝。这儿经常有上山打柴、挖野菜的乡亲路过，他们一定会发现这里有米，屈原想。倒完米，屈原没有立即离开，而是藏在附近的大石头后面，偷偷观察着。

果然，没过多久便有一个乡亲从这里路过。他看到石缝中满是白白的大米，顿时惊呆了！这位乡亲仔细揉了揉眼睛，确认自己没有看错。他想，难道是谁不小心把大米掉在了这里？于是他大喊："有人吗？谁掉了大米？"

周围并没有人答应。这位乡亲的家里正等着米下锅，确认大米没有主人后，他迅速脱掉自己的衣服，铺在地上，用手将米全部掏了出来，放在了衣服上。地上还有一些散落的米粒，乡亲不肯有一丝一毫的浪费，一粒一粒地将米捡起来，然后将衣服系成一个包裹，背在背上。

这个人心想，一定是山神知道自己家里穷困，特意显灵给自己送米来了。于是，他非常郑重地跪下来，朝山石磕了三个响头，说："感谢山神老爷，我家的孩子终于能吃几顿饱饭了！"磕完头，他这才背着米往村里走去。

屈原在大石头后将这一切看在眼里，他险些乐出声来。能帮到乡亲，屈原非常高兴。

从那以后，屈原经常从家里偷着背一些米出来，倒在石缝里。"石缝长米"的消息，很快在村里传遍了，许多乡亲都从这里拾到过米。

屈原的父亲知道了这件事，想起家里的米最近经常莫名其妙地减少，很快就明白了是怎么回事。

父亲对屈原说："你帮助乡亲们的心意是非常好的。家里确实还有一些米，但是，我们的米毕竟是有限的。你每天背出去三五斤米，又能帮助几个人呢？可能连全村的穷人都帮助不了。你想过没有，楚国国土广大，有成千上万个村子，整个楚国得有多少人吃不饱穿不暖？你要怎样才能帮助他们呢？"

小屈原一下子愣住了，他从没有考虑过这个问题。是呀，还有成千上万吃不饱饭的人，自己别说每天只能背几斤米，就是再多背几十斤，也解决不了多大问题啊！更何况，家里的米只有那么多，不可能每天背几十斤出来救济穷人。

屈原想了半天都想不出办法，只好对父亲摇了摇头。

父亲疼爱地拍了拍屈原的头，说："你只有一个办法，那就是好好读书，多学本事。等你书读好了，本领很强的时候，你就可以去朝廷做官，这样，你就能为老百姓做更多、更好的事，那时你才有可能解决这些问题。"

听了父亲的话，屈原豁然开朗。从那以后，屈原不再偷着背米，而是每天认真读书，有时读得入迷，甚至要姐姐来喊，才知道到了吃饭的时间。长大后，屈原因为学识和能力出众，很受楚王的赏识，当了三闾大夫，为老百姓办了很多好事，老百姓都非常感谢他。

心灵加油站

同样是关爱他人，不同的人能够做到的程度也不同。少年屈原只能偷家里几斤米，帮助个别村里人；当了三闾大夫的屈原，则可以动用国家力量，帮助更多需要帮助的人。这是因为能力不同，掌握的资源不同。作为青少年，我们需要有一颗关爱他人的火热的心，并在力所能及的情况下帮助别人，但我们更重要的任务是学习知识，提高能力素质。这样，等我们长大后，才能有更大的能力、掌握更多的资源，为更多需要帮助的人奉献温暖和爱。

心灵物语

亲情是无形的，没有人能够说清楚它是什么样子的；亲情是无价的，世上没有什么事物比得上它；亲情是无私的，世上没有东西比它更伟大。

李文姬保弟

东汉时，由于皇族长期与豪族通婚，豪族大量进入朝中议政，结果导致了外戚专权的局面。到东汉末年，外戚甚至可以直接操纵包括废立皇帝在内的朝政大事。在他们的控制下，皇帝大多都是年纪轻轻就不明不白地死去。在这些外戚之中，权力最大的当属“跋扈将军”梁冀了。

梁冀祖上本来是商人出身，借着女儿被选入皇宫的机会成为众多外戚中的一员。到梁冀这一代，梁家基本控制了朝政，包括太后、皇后在内全都是梁家的女子。梁冀借着她们的权势顺利地当上了大将军，统领朝政。

梁冀一时间手眼通天，连皇帝都不放在眼里。汉质帝因为说了他一句“跋扈将军”，就被他下毒毒死。汉质帝在死前，把太尉李固召来，紧紧地握着他的手死去了，而李固也暗下决心，一定要推翻梁冀，为死去的皇帝讨一个公道。

汉质帝死后，梁冀提出立年幼的刘志为帝，而李固坚决反对。梁冀早就对李固记恨在心，又明白李固是少数知道汉质帝死因真相的人。于是他借一个藩王谋反的案子将李固抓了起来，并拥立刘志为汉桓帝。

李固的学生和朋友们纷纷上疏，事情闹得越来越大。梁太后害怕了，就下令放李固出狱，但是，李固明白梁冀绝不可能放过他，自己恐怕是难逃一死。于是他让三个儿子立刻动身返回老家，去找大女儿李文姬。李文姬当时已经出嫁，当她得知自己的三个兄弟回到老家的消息之后，哭着说："我们李氏要灭门了！为什么父亲的刚正不阿，换来的却是这么个下场？"李文姬明白，过不了多久梁冀就会找上门来，对李家赶尽杀绝。于是，她暗中和哥哥们商量该如何应对。

当时，李固最小的儿子李燮只有十三岁。文姬和两个哥哥在商量了一番之后，决定由两个哥哥给父亲写信，告诉他李燮生病去世了，并故意大办葬礼好让所有人都知道。人们果然相信了李燮已经去世的消息。过了不久，梁冀旧事重提，把李固抓了起来，并在皇帝和太后面前编造李固谋反的事情，把李固杀了。他还派手下去李固的老家抓李固的三个儿子，意欲赶尽杀绝。

可是，梁冀派去的人发现李燮已经死去，于是就把李燮的两个哥哥抓了起来，带回京城杀掉了。李文姬悲痛万分，但她知道，从此，李燮只能由自己一个人来保护了。于是，她找到父亲的一个学生，让他帮忙把李燮藏在了一家酒坊之中，并让李燮改换名姓，躲了起来。

十几年之后，梁冀被政敌围攻而死。有人向汉桓帝上疏："当初被梁冀害死的李固等人原本无罪，请陛下还他们一个清白，补偿他们的后人。"汉桓帝答应了，下令寻找李固的后人，让他们出来做官。李燮得到了汉桓帝的诏书之后，立刻收拾行李返回家乡，找到姐姐，为父亲和兄长补办葬礼。十几年未见的姐弟终于相见，父亲和兄长的冤屈又得以昭雪，二人心中百感交集，不禁抱头痛哭起来。

在葬礼结束之后，李燮向姐姐辞行，准备去京城向汉桓帝诉说李家的冤屈。可是李文姬却对他说："现在的皇上是被梁冀拥立的，我们李家历经千辛万苦才得以保存你这一支血脉，这是上天的恩赐。你到了京城，不必旧事重提，安守本分就好！"

李燮按照姐姐的要求去做了，没有说任何关于梁冀的事。事情果不出文姬所料，李燮这一举动深得汉桓帝欣赏，于是任命李燮为议郎，参与朝政。

心灵加油站

为了保护弟弟，李文姬和哥哥们想尽办法，哥哥们被杀害，却始终没有说出弟弟的下落；文姬为了照顾弟弟、保护弟弟殚精竭虑，直到弟弟走上仕途，仍要教他如何保全自己。从文姬保弟的故事中，我们看到了亲人之爱，看到了血浓于水的骨肉亲情。人出生后，每天接触的，是哺育自己的生身父母；生活在一起的，是亲密无间的兄弟姐妹。正是血浓于水的亲情，维系了我们的生存，保护了我们的成长。逐渐长大的我们，是时候学会珍惜亲人、关爱亲人、回报亲人了！

心灵物语

孝敬是中华民族的传统美德。孝是一种子女应尽的责任，敬是一个晚辈对长辈必须的尊重。

庾道愍万里寻母

南朝时，有一个叫庾道愍的人。在他幼年时，父亲就去世了，只留下他和母亲相依为命，可是，有一年庾道愍的家乡发了洪水，母亲也被洪水卷走了。庾道愍小小年纪，就成了一个无依无靠的孤儿。

一些在洪水中幸存下来的邻居和亲友可怜庾道愍小小年纪就父母双亡，便轮流把他接到自己家里，像亲生儿子一样抚养。善良的人们这家出几件衣服，那家出一些粮食，庾道愍吃着百家饭，穿着百家衣，慢慢地长大了。庾道愍很羡慕别的孩子都有父母的爱护，自己却根本不知道父母在哪里。于是他经常缠着养大他的叔叔婶婶们，问他们自己的父母到底去哪儿了。

一开始，亲友们认为庾道愍还太小，就没有告诉他实情。直到庾道愍慢慢长大，事情再也瞒不住了，大家才告诉他：“你的父亲早就去世了，母亲也被洪水冲走了。”

得知真相的庾道愍一个人坐在路边伤心地大哭起来。有一位邻居不忍心见他哭得那样伤心，就骗他说：“也许你的母亲还活着，只是一直没有找到你。等你长大了，她就回来了。”庾道愍的心中燃起了一丝希望，他下定决心，等长大后一定要去把母亲找回来，哪怕是天涯海角！于是，他每天都站在大路边，逢人就问有没有看见过他的母亲。可是，连庾道愍自己都不知道母亲长什么样，别人又怎么能知道呢？亲友们想劝庾道愍放弃，但又不忍心让他的希望破灭，只好随他去。邻居们没想到，后来庾道愍真的得到了他母亲的消息。一个常年在南方贩卖布匹的邻居告诉庾道愍，他在交州（今越南河内）看到了和庾道愍的母亲长得很像的人。庾道愍欣喜若狂，下定决心将来一定要去交州把母亲找回来。

二十年后，庾道愍长大了，由于品行出众被推举为孝廉。和其他人不同的是，别人都希望去富庶的地方当官，他却主动要求去交州任职。朝廷就派他做广州绥宁府的副将。后来，庾道愍发现绥宁离交州还很远，就离开了绥宁，一个人来到交州。在交州，他找了整整一年，也没有找到母亲的踪影。但是，他不死心，继续坚持寻找。

一天，他在赶路的时候正好遇到下大雨，于是急忙躲到了一个山洞里。这时，一位老妇人挑着一担木柴艰难地走进山洞躲雨。庾道愍主动上前帮她把木柴挑了进来。忽然，庾道愍觉得这个老妇人似乎在哪里见过。难道，她就是自己苦苦找寻多年的母亲？

庾道愍小心翼翼地问她：“请问，您是庾道愍的母亲吗？”

老妇人吃了一惊。她已经二十几年没有听到这个名字了。她细细地端详着庾道愍的脸，问道：“你是……”

庾道愍再也抑制不住自己的心情，扑通一声跪倒在地：“母亲，我是庾道愍啊！”

母子二人终于相见，不禁抱头痛哭起来。原来，母亲当年被洪水冲走后历经千辛万苦才活了下来，一路流浪到交州。她虽然想回到家乡，但是相隔千里，以她的身体恐怕无法承受长途跋涉。就在自己要放弃的时候，儿子却出现在了面前。

经过了几个月的长途跋涉，庾道愍带着母亲回到了家乡，与亲友们一一见面。大家听庾道愍说了他这几年来的经历后，纷纷流下了眼泪。

庾道愍的故事被朝廷知晓后，朝廷特别赦免了他私自离开任职地的罪过，还任命他为射声校尉。

心灵加油站

爱让世界不停地旋转，让人类得以传承发展。父母通过无微不至的关爱，将我们由不能走不能说的婴儿，抚养成人，他们的爱比天高比海深。学会感恩、孝敬父母是做人的基本准则，也是最基本的道德底线。孝敬是中华民族的传统美德。孝是一种子女应尽的责任，敬是一个晚辈对长辈必须的尊重。孝敬父母最基本的原则，就是做一个尊重父母、听话、懂事的人，当他们年华老去、生活不能自理时，细致耐心地照料他们，让他们衣食无忧，安享晚年。

心灵物语

时时想着感恩，就会时时想着图报。“人人为我，我为人人”的道理没有谁不懂得，如果人人都能做到这一点，我们的社会必将是温暖和谐的社会。

一文钱难倒英雄汉

赵匡胤是宋朝开国皇帝。他年轻时身强力壮，酷爱武术，据说现在武术里的太祖长拳，就是他开创的。

赵匡胤喜欢四处游历，以增长阅历和见识。有一天晚上，他走到一个山区小镇，见街边有一个卖莜面的摊点，肚子早就饿得咕咕叫的他，立即坐在小摊边，大吃起来。

人饿了的时候，吃啥都香，加上摊主手艺不错，莜面确实味道鲜美，赵匡胤一共吃了十八碗面，外加三碗三鲜汤，这才打了个饱嗝儿，心满意足地捧着肚子叫道：“老板结账，多少钱？”

“每碗面三文钱，每碗汤一文钱，客官您一共花了五十七文钱。”摊主说道。

“好的。”赵匡胤爽快地应了一声，手伸进怀里掏钱，却再也拿不出来。原来，他是个侠义心肠的人，经常仗义疏财，口袋里的钱，上午接济朋友了，这时，竟然一文钱都没剩。见他没钱，三五个壮汉挡在前面，一直面不改色的赵匡胤这时冷汗都下来了。

摊主却是个爽快人，从赵匡胤的表情看出情况不对，就说道：“那你就给一文钱好了。”可赵匡胤怀里连一文钱都没有啊。他讷讷地说道：“真是一文钱难倒英雄汉啊！”

摊主笑笑，说：“那就算我请你好了。”

很多年后，赵匡胤成了宋朝的开国皇帝。吃着宫里的山珍海味，他想起了当年的莜面摊子，想起了那个帮助过自己的摊主。于是，他叫来两个官员，把这个故事讲给他们听，要他们帮助自己寻找当年的恩人。

两位官员扮成商人出了京城，到达赵匡胤所说的区域，专门寻找莜面摊子，每到一处，便要两碗莜面，边吃面，边与摊主拉家常了解情况，结果走了几十家，都不是那位给皇帝免单的摊主。

这一天，他们来到一个小镇，又发现一个莜面摊。两人各要了一碗面，一碗汤，别说，这家的面和汤味道的确不错。两人问摊主：“一般客人能吃多少呢？您有没有遇到过特别能吃的客人？”

摊主回答说：“能吃的，一般吃三到五碗。”

两人说：“有没有吃过十几碗的呢？”

摊主一拍大腿道：“您不说，我还真忘了。好多年前，我这摊上来过一个壮汉，一顿饭吃掉十八碗莜面，还喝了三碗汤，那身体是真叫棒！”

“有戏！”两位官员大喜，接着问：“那他付你多少钱呢？”

摊主道：“别提了，小伙子一文钱没带，还说‘一文钱难倒英雄汉’呢，我看他也不像吃白食的，就没要他的钱。”

终于找对人了！两位官员说：“京城有位大财东，非常爱吃您做的莜面，您在那里做生意，肯定要比这里挣钱。您跟我们去京城吧。”

摊主推辞不过，只得告别妻女，跟着两位官员来到京城。进得京城，两人直接将摊主领到皇宫。做莜面的哪里见过这场面，顿时吓得六神无主，急忙跪在金阶前，哆嗦着说：“小人有罪，小人有罪。”

赵匡胤哈哈大笑道：“赦你无罪，抬起头来。”

莜面摊主战战兢兢地抬起头。赵匡胤一见，非常高兴，说：“确实是恩人到了，快快请起。”说着，走下金阶，要搀扶莜面摊主起身。边上的大臣急忙将他搀起。

此时，赵匡胤离莜面摊主不过尺余，见他满脸惊恐，双腿打战，忙安慰说：“恩人真的认不出我了？”

“我只知道您是当今皇上，小人有何能耐，敢当皇上的恩人呀！”说着，莜面摊主又要下跪。

皇上急忙扶住他的右肘，拉住他的左手笑盈盈地说：“我就是几年前吃了你十八大碗莜面，还喝了三大碗三鲜汤的那个人啊！”莜面摊主揉揉双眼仔细一瞧，确认是几年前的那位大肚食客时，才慢慢定下神来。

赵匡胤为报答那一顿饱饭之恩，让这个摊主做了官。后来发现，摊主因为长期做生意，在监造方面还是有些能力的，赵匡胤便让他当了工部侍郎。

心灵加油站

人的一生，难免起起伏伏；人的一生，总要接受别人的关爱、宽容和帮助。从某种意义上讲，每个人都是在别人的关爱、宽容与帮助下长大的。身处困境时，我们无法回报别人。有条件时，一定要像赵匡胤那样，尽可能做出回报，做一个知恩图报的人。知恩图报也是一种爱、一种素质和能力。因为知恩图报，人们才会认为你有人情味，懂得珍惜别人的付出，值得帮助。因为懂得感恩，你才会拥有更多的朋友，获得更多的帮助。

心灵物语

时间可以让人丢失一切，可是亲情是割舍不掉的。即使有一天，亲人离去，但他们的爱会永远留在子女灵魂的最深处。

百犬效义

在江西德安县义门镇，有这么一个家族，这个家族号称“天下第一家”。在这里，曾经有无数的帝王将相、文人骚客来此留下诗文匾额，赞扬这个家族。天下有名的家族不少，为什么义门陈氏敢称自己是“天下第一家”呢?

唐玄宗年间，一个叫陈旺的官员被调到这里任职。他在此建立家业，建立学堂，并定下了家规。义门陈氏的传奇从此开始。

经过了几代人的发展之后，陈氏家族越来越庞大，在宋代达到巅峰，共有六代人三千余口在此生活。在古代，家庭人数众多的情况很常见，可陈氏家族却在三百年间一直维持着几百人一同生活的状况。

陈氏家族有一座非常大的食堂。每天，全族几百号人都来这里就餐。

每个人都按照长幼尊卑的次序坐下，小孩子坐在一边，成年人坐在一边，老人坐在一边。只要有一个人没有入席，食堂就不开饭。

在这里，老人有老人的饭，小孩子有小孩子的饭，病人有病人的饭，每个人都根据年龄、身体状况就餐。这种方式虽然烦琐，却有效地保证了每个人的营养。等到吃饭的时候，每个人都有说有笑，亲切地谈论着身边的事情。整个食堂虽然热闹，但秩序井然，从来没有发生过什么混乱。

陈家养了一百条狗。在陈家和睦的家庭风气影响下，这一百条狗也像人一样和睦。每天，一百条狗也像主人一样，每到吃饭的时间就集体出动，无论缺了谁，其余的狗都一定要等它来了才开饭。

有一只老狗，眼瞎腿瘸，平常就睡在门楼上听着门外的动静。每当开饭的时候，所有的狗就会等在食槽前面，直到这只老狗一瘸一拐地过来了，所有的狗才会一同开饭，成年的、雄壮的狗还会主动把食物让给那些老弱病残。

后来，随着陈家的出名，陈家百犬的故事也广为人知。当时的皇帝宋太宗听说了陈家百犬的故事，就借着巡视的机会来到陈家，一来表彰陈家家族和睦，二来也想亲眼看看主人家和睦的风气是不是真的可以影响到狗。

他命人拿来了一百个肉包子，放在了平时陈家给狗喂食的食槽中。过了一会儿，群狗相互呼号，很快就聚集起来了。

每只狗都叼去了一个肉包子，却都不动嘴，趴在地上。有一只大白狗独自叼了两个肉包，向角落跑去了。宋太宗很好奇，就亲自尾随着这只大白狗，想要看看为什么只有它叼去了两个。结果，宋太宗发现角落里还有一只瘸了脚的黄狗，而那只大白狗之所以叼了两个肉包，是因为其中一个就是带给它的。直到都得到了肉包，所有的狗才摇头晃脑地吃自己的包子。宋太宗感叹道："真义犬也！恐怕也只有这样的主人，才能有这样的狗吧！"于是宋太宗亲手写下了一副对联："一犬未至百犬不食牢中异类皆效义，一吠突起百吠齐怒寨内同声共护门。"至今，陈家大宅内尚有"百犬牢"留存下来，而这副对联也被保留下来。

到宋仁宗年间，陈家的规模越来越大（据史料记载竟有三千九百人之众），有很多人都在朝中身居高位。宋仁宗为稳固朝廷，下令陈家必须限期分家。分家足足持续了半年多，全家被分为了近三百户，分散在全国各地。陈家的故事至此才算告一段落。

心灵加油站

儒家追求一种爱满天下的境界，但儒家的仁爱却发端于我们身边普通的血缘亲情，也就是对父母兄弟、对亲人的爱。正如孔子所说："立爱自亲始。"意思是说，爱这种感情培育是从爱亲人开始的。陈家人口最多时达三千余人，仍能和睦相处，是亲情的力量让他们凝聚在一起，是爱的力量让他们彼此包容、和谐有序。我们现代人与家人相处，也要从陈家汲取经验，用爱凝聚亲友，让家庭永远幸福和睦，让亲情之树永远常青。

心灵物语

真正的助人者，是通过关爱别人来提升自我人格境界的真英雄。他们不求回报，人格的完善就是最高的境界。

苏轼还屋

北宋著名文学家苏轼晚年的时候，仕途极不顺利，官职被一贬再贬，经济非常窘迫。从海南儋耳流放回来，苏轼对做官已心生倦意，决定在江苏常州附近的阳羡买房居住，安度晚年。

阳羡就是今天的江苏宜兴市，濒临太湖，山川秀美。苏轼曾多次来常州，非常喜欢阳羡的山水。在这里，他有几位极其要好的朋友。其中有一位名叫邵民瞻，十分仰慕苏轼的才华，听说苏轼想要在这里定居，邵民瞻很热心地帮他联系了一所房子。苏轼过去看了，感觉房子虽然旧了些，但是整洁干净，距离太湖又不远，随时可以步行到太湖欣赏湖光山色，当即拿出自己仅有的一百二十文钱，又卖了两件随身带的玉器，付了房款，拿了房契。随后，他又和朋友一起商定了搬家的日子。

这天晚上，月光很美，苏轼和邵民瞻在新房附近的湖边散步，忽然发现一位老妇人正坐在路边悲伤地哭泣着。苏轼停下脚步询问，老妇人一边擦拭泪水一边说："我们家的老房子卖了，这座老房子已经有一百多年了，马上就要离开祖屋，我心里难过啊！"苏轼问："你的房子在哪里呢？"老妇人指了指远处的房子，苏轼顺着她手指的方向望去，顿时目瞪口呆——那竟然是自己刚刚买下的房子。原来，老妇人的儿子不肖，欠下债务，一家人不得不卖掉祖屋还债。苏轼叹了口气，说："你不要悲伤了，买房子的人是我，现在我就将房子还给你。"他从身上取出房契，当着老妇人的面烧了。第二天，他叫来老妇人的儿子，嘱咐他一定要好好做人，孝敬母亲，让他将老妇人接回了祖屋，却没有提已经付了的房钱。所有的积蓄都花掉了，苏轼再也没有钱买房子了，只好到顾塘桥一位姓孙的朋友那里暂时居住。这一年的7月，苏轼一病不起，竟然就在这借住的房子里去世了。

心灵加油站

这是苏轼晚年发生的一件小事。好友邵民瞻自始至终见证了此事，非常感动，回到家后写了一首诗："斋厨索然亦无顾，解穷恤贫慨而为。是道世界多少人，尽道蜀中苏子瞻。"刚刚流放归来，苏轼已落魄到了极点，邵民瞻对此一清二楚，所以才在诗中说苏轼"斋厨索然"。自己吃了上顿愁下顿，还为普通百姓着想，不忍见老妇人在迟暮之年没有安居之所，毅然烧契还房。千百年来，无数人崇敬、喜爱苏轼，不仅仅因为他才华横溢、佳作众多，也因为他是一个充满爱心、品行高尚的人。

心灵物语

仁者，以仁爱之心感受世界，感知他人疾苦，更会用行动来落实仁爱之心。

范仲淹助人捐学

北宋著名政治家、军事家、文学家范仲淹读书时，曾经有过一段非常清苦的岁月，不少同学、朋友都帮助过他。这个经历对范仲淹的影响非常大，他也由此萌生了有能力后，一定要回报他人、帮助族人的想法。

当了高官后，范仲淹生活一直非常俭朴，对家人的要求也极为严格。他定了一条家规，要求家里如果没有客人来，每顿饭不能上两样以上的荤菜。听说还没过门的二儿媳妇用绮罗做了一个帐子，范仲淹十分生气，认为她太不知道节俭，说二儿媳妇过门后，如果把这个帐子带来，就要她当众烧掉。

对于节俭下来的钱财，范仲淹绝大多数都用来帮助范氏族人和家乡的父老乡亲。

1035年，范仲淹在苏州南园买了一块草木葱茏、溪水环绕的土地，他想在这块地上建自家住宅。一个自称对风水很有研究的人对范仲淹说：“范大人，您非常有眼光，这里的风水棒极了，你们范家在这里建宅，一定会出很多读书人，书读得好，官员能出得少吗？”范仲淹却说：“仅仅我们范家出人才，哪里比得上天下之士都能在这里接受教育？那样不是会出更多的读书人、更多的人才吗？”于是，范仲淹毅然上奏朝廷，自己捐出这块土地，将这里改建为苏州学文庙，希望能够帮助附近的孩子读书，为国家培养更多的人才。

范仲淹兴办义学的做法在当地引起了轰动，当地很多富户都向他学习，纷纷捐资助学，一时间，苏州附近教育氛围空前浓厚。苏州文化教育事业从这时开始，一点点兴盛起来，并且长期走在全国前列，成为教育质量最好、人才出得最多的地方，甚至有很多人认为“苏学天下第一”。范仲淹还拿出钱财，在家乡苏州的吴县和长县买了上千亩土地，雇附近土地少的农民耕种，所得的钱粮，用来资助范氏族人。这千亩田地因此被人们誉为“义田”。当地范氏族人凡是有人家婚丧嫁娶，范仲淹都会拿出钱来资助。对于没人赡养的老人和失去父母的孤儿，范仲淹会定期拿出钱粮接济。遇到困难的姻亲，他也会视情况资助。范仲淹的家乡因而也被人们称作“义庄”。为了让义庄代代相传，范仲淹专门制定了《义庄规矩》。范仲淹的子孙又陆续对《义庄规矩》进行了完善，使得义庄从钱物的发放到对仓房、田地的管理，以及对管理者的监督等，都有具体可操作的规定。范氏义庄原来只有田地千余亩，但由于范氏族人不断捐助，到了清朝宣统年间增加到了五千三百亩。范仲淹创办的义庄共计维持了八百多年，成为中国历史上坚持时间最长的慈善机构，范氏义庄救助过多少贫困族人、贫困乡亲，根本无法统计。

心灵加油站

范仲淹在《岳阳楼记》中，写下过一句流传千古的话：“先天下之忧而忧，后天下之乐而乐。”范仲淹不但是这样写的，也是这样做的。在功成名就之后，范仲淹不忘贫困族人，用节省下来的钱财购义田办义学，帮助父老乡亲。更难得的是，范仲淹的后代将他开办的义庄发扬光大，一直办到清朝末年，维持了八百多年。范仲淹的义举还发挥了极大的示范作用，直到清朝，仍有很多人效仿他的做法，办义庄置义田。现在，大家提起范仲淹，都说他是政治家、军事家、文学家，其实，后面还应该加一个“慈善家”！

心灵物语

仁爱是人类最宝贵的品质。一个人要帮助弱者，应当自己成为强者，而不是和他们一样变成弱者。

赵阅道救灾

赵阅道是宋朝有名的清官。他在衢州当官的时候，正赶上当地大旱，蝗虫成灾，田里颗粒无收。因为大旱，粮价上涨极快，老百姓买不起粮食，许多人饿得面黄肌瘦，浑身浮肿。再这样下去，就要饿死人了！赵阅道看在眼里，急在心里。怎么才能解决眼前粮食偏少、粮价偏高的问题呢？

赵阅道把下属都派出去调查，自己也打扮成士绅，到粮店和有粮的大户人家了解情况。结果一调查，赵阅道这才发现，其实衢州城各粮店和各大户还是存有相当数量粮食的，只是，他们看大灾来临，知道今年粮食必然减产，趁机抬高了粮价，以牟取暴利，这才造成多数百姓买不起粮食。

怎么才能把粮价降下来呢？直接去跟唯利是图的商人谈判？这是下下策，而且，突然发生大灾，衢州本来就人心惶惶，如果再打击粮商，很可能会造成社会动荡。可是，如果不这样做，又有什么办法呢？

“有了！”赵阅道脑中灵光一闪，一拍大腿说。他将衙役叫来，吩咐了一番。衙役拿来笔墨，赵阅道提起笔，写了一份只有一句话的简短告示：本州粮价由粮商自定，官府绝不干涉。随后，他又抄了几份，让衙役骑着快马，将告示在人群聚集的地方四处张贴。

百姓们看到这则告示，人人摇头，各个叹气。他们觉得没什么希望了，官府不干涉，粮商只会将粮价越定越高，自己肯定买不起粮食了。百姓们还有些不解，赵大人明明是一个好官，为什么灾难来临的时候，却选择帮助粮商呢？粮商们则大喜过望。他们认为，肯定是哪个粮商把赵阅道给买通了，这才放开了粮价，任由大家涨价。这可是难得的赚钱机会，衢州城里少说也有几万人，每天得需要多少粮食啊！

于是，粮商们从四处调集粮食，纷纷往衢州运。用牛马拉车运粮的、用手推车运粮的、用船运粮的人络绎不绝，粮食源源不断地运进了衢州城。

贴出告示后，赵阅道没有什么行动，只是将下属派了出去，吩咐他们随时报告粮价和粮食的买卖情况。

“报，粮价今天上涨！”告示贴出当天，粮价就上涨了不少。

第二天，下属又来报告：“报大人，粮价继续上涨，但卖出的不多。”赵阅道点头说：“知道了，有情况随时向我报告。”

第三天，下属报告说：“粮价又大幅上涨了，不过都是有钱人买进来存放。”赵阅道微微一笑，说：“好，早料到会是这样。”

到了第四天中午，下属来报的时候，脸上带着不可思议的表情，说：“报，今天发现了一个奇怪的现象，粮价竟然停止上涨，有的地方还开始回落了！”

赵阅道哈哈大笑，说：“很奇怪吗？你看着，更奇怪的在后面呢。”

果然，两个时辰后，另一名下属气喘吁吁地跑了进来，说："报，粮价午时过后开始下跌，那些粮商发现情况不对，纷纷低价抛售粮食。现在粮价比灾前正常水平还低一些，老百姓买得起粮食吃了！"

"太好了！"赵阅道听毕重重地拍了一下桌子。

下属疑惑地看了赵阅道一眼，说："大人，您不干涉粮价，粮价为什么能够下来呢？"赵阅道微微一笑说："谁说我没干涉，我不是已经贴出告示，表明态度了吗？商人们不是看了告示，才纷纷运来粮食的吗？物以稀为贵，什么东西多了都不值钱。粮食多了，粮价自然也就下来了。"下属这才恍然大悟，原来赵大人是真正把握了商人的心理和买卖的规律，只用一纸告示，便解决了粮食价高伤民的问题。

心灵加油站

赵阅道救灾时，面临的局面其实很复杂：奸商们哄抬米价，铁了心要赚这国难钱。要想使粮食价格降下来，劝说肯定无效，威逼打压恐怕会使社会更混乱。赵阅道一个告示，巧妙地破解了难题。他应用的，其实是我们今天大家熟知的市场规律，但在近一千年以前，赵阅道能够认识到这一点，并且极为老到熟练地采取相应措施，确实非常难得。奉献爱心、为他人办好事，同样需要一定的技巧与能力。有了能力和技巧，往往能够巧妙地解决困难，达到事半功倍的效果。

心灵物语

羊有跪乳之恩，鸦有反哺之义。爱与感恩，不仅是人类的美德，甚至有的动物也做到了这一点。

王成的战马

南宋开禧年间，南宋组织北伐，在两淮一带与金兵激战，结果大败。

士兵王成在撤退途中，遇到了一匹病马。这匹病马明显是一匹战马，可能作战时受了重伤，身上有几道长长的伤口，伤口上叮着很多苍蝇，旁边飞着乌鸦，这些乌鸦显然认为战马活不了多长时间，就等着战马倒下，它们好吃马肉了。王成可怜战马，虽然撤退时情况很紧急，他还是拉着战马一起走。最终，一人一马成功撤回了后方。

后方生活稳定，条件也比较好，在王成长达半年的精心照料下，战马的伤完全养好了，并且变得异常健壮。士兵们都是识马爱马的，见了战马，都纷纷竖起拇指，称赞它是一匹好马。有些士兵想试着骑骑战马，因为都是战友，王成不好拒绝，但这匹马反复嘶咬，坚决不让他们骑。只有王成骑它的时候，它才会乖乖地配合。时间长了，士兵们都明白，这匹战马的心是属于王成的。

还有一件非常有趣的事，那就是战马非常有个性，别的马清洗的时候，都是战士们骑着马下河，但这匹战马却坚持自己下河。王成也不明白为什么会这样，不过，他还是尊重战马的个性。

1208年，李元砺等发动饥民造反，王成所属部队被调去江西与李元砺所率军队作战。在战斗中，王成被一个敌军士兵一挠钩扎在身上，掉下马来，不幸阵亡。宋军初战不利，损失惨重。主将见势头不好，当即鸣金收兵。战马却徘徊在王成尸体旁，不停悲鸣，不肯离去，最终，敌人赶上来，将战马俘虏了。

李元砺的弟弟李小弟看见战马，非常喜欢，将它讨要过来，当作自己的坐骑。李小弟对这匹战马很用心，给它喂最好的草料，配了镶金的马鞍。李小弟经常骑着战马在阵前耀武扬威，面对宋营讨敌骂阵。宋军官兵认得战马，都说："这不是王成的马吗？王成对它那么好，它竟然给敌人当坐骑。畜生毕竟是畜生，还是不能通人性，要知道，王成就是死在这些人手里啊！"

不久，李小弟率叛军大举进攻宋军驻地永新栅。战鼓一响，李小弟率领士卒，向宋军发动冲锋。开始时，战马和旁边的马一起奔跑。渐渐地，战马冲到了最前面，并且直奔宋营。李小弟觉得不对，又喊又勒缰绳，可是战马根本不理他，依然向前狂奔。眼看已经跑得太过疾速，完全脱离了大部队，李小弟急了，他掉转铁槊狠狠地扎马身，可战马依旧向宋营拼命地跑。

宋军见战马驮着李小弟跑了过来，冲了出去，把他活捉，叛军见主将被擒，当即大乱。宋军趁势发起反击，击溃了叛军，并捉住了叛军首领李元砺。

战马成功地为王成报了仇，但是这一次，它受的伤实在太重，王成的战友们没能救活它，不久，战马便死去了。

心灵加油站

这是一件真实发生过的事情，记载此事的是著名抗金将领岳飞的孙子岳珂。王成救了伤重将死的战马，战马在王成战死后，为王成报了仇，自己也因伤重死去。王成和战马的故事尤其让人感动。这是一个平等相待、互相以生命相托的故事。从故事中，我们看到了动物与人之间的感情到了极致后，会发生什么。我们也看到，我们一直认为低级、没有智慧的动物，是如何重感情、如何懂得感恩。朋友们，善待动物吧，它们是人类的朋友。

心灵物语

不管一个人取得多么值得骄傲的成就，都应该饮水思源，应当记住是老师为自己的成长播下了最初的种子。

程门立雪与射箭敬师

宋代著名理学家杨时从小聪明伶俐，四岁入村私塾学习，七岁就能写诗，八岁就能作赋，人称神童。他十五岁时攻读经史，后来又考中了进士。他一生立志著书立说，曾在许多地方讲学，非常受学生欢迎。

有一年，杨时被任命为浏阳县令，在赴任途中，他不辞劳苦，绕道洛阳，拜著名的理学家程颐为师，以求在学问上更上一层楼。有一天，杨时与他的学友游酢，因对某问题有不同看法，为了求得一个正确答案，他俩一起去老师家请教。

当时正是隆冬时节，天寒地冻，浓云密布。他们行到半路的时候，雪花终于飘落下来，并且越下越大。他们把衣服裹得紧紧的，匆匆赶路。来到程颐家时，恰巧先生坐在炉旁打盹儿。杨时二人不敢惊动老师，就恭恭敬敬地站在门外，等候先生醒来。

这时，雪越下越大，房屋盖上了厚厚的白雪。杨时的一只脚冻僵了，冷得发抖，但依然恭敬侍立。过了很长时间，程颐一觉醒来，从窗口发现侍立在风雪中的杨时二人，只见他们通身披雪，脚下的积雪已一尺多厚了，赶忙起身迎他俩进屋。

这就是著名的“程门立雪”的故事。后来，杨时跟随程颐认真研究学问，自己也成了著名的理学家。

南宋抗金名将岳飞和杨时一样，也非常尊重老师。

岳飞少年时，便立下精忠报国的远大志向，拜好几位师父学习武艺。最后，他拜同乡周侗为师。周侗箭术高明，爱惜人才，胸怀宽广。他把自己的武艺毫无保留地都传给门生。岳飞经过一番勤学苦练，把周侗的全部射箭技术学到了手。他能够左右开弓，箭无虚发。

一次，周侗集合众门徒比试武艺。周侗开弓先射，连发三箭，三箭都中在靶上。轮到岳飞试射，他引弓一箭，射断周侗射在靶上的箭矢，再一箭，正中靶心。周侗非常惊讶，没想到岳飞这么快就超过了自己，他为岳飞的迅速进步感到高兴，便把自己珍爱的两张好弓赠送给岳飞，期望他将来能为国家立功。

可惜，周侗不久就去世了，这使岳飞十分悲痛。从此后，每逢初一、十五，岳飞都要买点肉、酒，拿到周侗墓前祭奠一番，没有钱买酒买肉，他就把自己的衣服拿去典当。祭奠时，岳飞总是拉开周侗所赠的弓，连射三箭，然后，便将祭肉埋在墓侧，在墓前洒酒。时间一久，岳飞的衣服竟然快被典当光了。

天气越来越冷，岳飞身上穿的衣服却越来越单薄。岳飞的父亲感到奇怪，问起情由，岳飞总是沉默不答。父亲岳和怀疑儿子交上了什么不好的朋友，有些什么不正当的行为。一天，趁岳飞外出，岳和就悄悄地尾随在后，终于把岳飞典衣祭墓的一举一动看得一清二楚。

岳和走上前去，对岳飞说："你学射时跟随的良师益友很多，为什么对周侗的感情特别深厚呢?"岳飞回答说："周老师待我最好，在很短的时间内，他就把箭术全部传授给孩儿了。像这样的好老师，应当高寿，活在世上多多培养人才的，不幸，他过早地离开了人间。他生前，我没有机会报答他的恩德；他死后，只好以祭奠来寄托我的哀思，至于引弓三发，是孩儿不忘师长传艺之恩的意思。"

心灵加油站

在我们成长的旅途中，那一串歪歪扭扭的小脚印，是我们成长的足迹。在我们的足迹旁边，还伴着一串扎扎实实的大脚印，它们的主人是我们可爱可敬的老师。他们陪伴我们走过成长中最重要的路程，不仅教会了我们知识、智慧和技能，还教育我们怎样做人。正是因为有老师的爱，我们的脚步才会越走越坚实，我们的天空才会越来越广阔。我们要像杨时、岳飞那样，懂得尊敬老师、热爱老师，时刻铭记师恩，有条件时，要力所能及地回报他们，帮助他们。

心灵物语

爱，人人皆有。小爱是局限于血缘关系的私人情感，大爱是超越血缘关系的公众情感，是对小爱的扩展和升华，表现为对陌生人的爱。

李时珍尝百草

李时珍出生在一个医学世家，祖父和父亲都以行医为生。受父亲影响，李时珍从小对医学非常感兴趣，他很早就读完家里所有医书，还跟着父亲学看病，医术渐渐高超，名气也越来越大。

李时珍二十岁时，有一天正在诊所看病，一群人拉着一个郎中闯了进来，为首的青年一边走，还一边嚷嚷：“李郎中，你给评评理，我爹吃了这郎中开的药，病反而更重了，肯定是他下错药了。”李时珍接过药渣仔细看了看，说：“这药是虎掌，确实不对症。”那郎中大声分辩说：“我明明开的是漏蓝子。”李时珍来到药铺，拿过书仔细观看，这才发现，原来是古医书上将漏蓝子和虎掌的图像弄混了，郎中药方开的漏蓝子，但药铺给药时，却照古书图像，给的是虎掌。

后来，李时珍又遇到几次这样的事件，其中有两次大夫开的药方是正确的，但药铺根据错误的医书拿药，结果害死了人。李时珍于是萌生了修改医书的想法。他将自己的想法跟父亲说了，父亲说：“你的想法很好，但你首先要遍读医书才行。”李时珍于是更加刻苦地钻研医术，并成为了一名宫廷御医。李时珍利用成为御医的难得机会，读完了皇宫内的所有医书。因为惦记着修改医书的事，他在宫里仅干了一年多，就辞职回乡了。

在回家的路上，李时珍投店住宿时，遇见几个替官府赶车的马夫，正围着一个小锅，煮着一种连根带叶的野草。李时珍上前询问，马夫告诉他说：“我们赶车人，长年累月地在外面奔波，损伤筋骨是常有之事，将这药草煮汤喝了，能舒筋活血。”李时珍听了，顿时来了兴趣。他开始询问药草的名字和具体效果。原来，这药草名叫“鼓子花”，又叫“旋花”，马夫们以自己的亲身经历告诉李时珍，它真的具有舒筋活血的功效。李时珍将马夫介绍的经验记录了下来。这件事让李时珍意识到，修改医书不仅仅要像父亲说的那样广读医书，还要到实践中去，倾听他人意见，实地辨认药材。从那以后，只要有时间，李时珍就遍访名山大川，了解草药药性。

有一次，李时珍经过一个山村，看到前面围着一大群人。走近一看，只见一个人醉醺醺的，还不时地手舞足蹈。他问一位围观的村民：“这人怎么了？”村民回答说：“嗨，他不听老人的话，非要喝山茄子泡的药酒，结果醉成这个样子。”“山茄子……”李时珍望着笑得前仰后合的醉汉，感觉这村民似乎不仅仅是醉酒这么简单，似乎是草药让他精神上出现了幻觉，于是用心记下了药名。回到家后，他立即查阅药书，寻找与山茄子有关的记载，可是药书上写得很简单，只说了它的本名叫“曼陀罗”。

在山民的帮助下，李时珍找到了曼陀罗，并决定亲身体验一下曼陀罗的功效。他抿了一口用曼陀罗泡的酒，味道很香；又抿一口，舌头连同整个口腔都发麻了；再抿一口，脑袋开始变得昏昏沉沉的，不一会儿竟发出阵阵傻笑，手脚也不停地舞动着；最后，他失去了知觉，摔倒在地。一旁的人都吓坏了，连忙给李时珍灌解毒的药。过了好一会儿，李时珍醒过来了，大家这才松了一口气。醒来后的李时珍兴奋极了，他立即记下了曼陀罗的产地、形状、习性、生长期，写下了如何泡酒以及制成药后的作用、服法、功效，以及反应过程。于是，继华佗的麻沸散后，李时珍又发现了一种可以作为临床麻醉的药物。

就这样，李时珍几乎走遍了湖北、湖南、江西、安徽等地的名山大川，行程超过一万里。在尝遍百草的同时，李时珍又参阅了八百多种书籍，经过三次修改，终于在六十一岁那年，编写成了著名的医学著作《本草纲目》。

心灵加油站

爱心是责任的“强心剂”，责任是忘我精神的原动力。李时珍把一生都奉献给了医学。为了编写《本草纲目》，李时珍历尽了千辛万苦：他观察动物，核实前人记述；他采集矿物，研究药用功效；他为了了解用药后的反应过程，甚至拿自己做实验，服用后晕倒……医者父母心，李时珍之所以能置生命于不顾，很大程度缘于完善医书、济世救人的使命感，缘于对患者的博爱。一个人只有具有博爱精神，清楚自己的责任，才能义无反顾，勇往直前，进而取得不平凡的成绩。

心灵物语

感恩是对爱的回报。感恩是要有原则的，不能违背正义，不能违反国家法律。否则，就是愚昧。

海瑞报恩

明朝有个很有名的清官叫海瑞，人称“海青天”。他办事公正，常常触犯贵族和官僚，因此被奸臣陷害过几次。有一次还被判了死罪，幸亏宰相徐阶在皇帝面前替他说了好话，救了他的性命。此后，徐阶还保举他到南京去做官。

过了几年，徐阶罢了官，回到松江华亭县（现在上海松江区）去养老。回家途中路过南京，海瑞听说了，亲自赶到城外去迎接救命恩人。

徐阶见了海瑞，感慨地说：“在朝中做官都是朝不保夕。当年你落在奸臣的手里，今天我也被赶出来了。我这次回去，日子怕更不好过了。我儿子来信说，松江知府为人奸诈，常对他们百般刁难。以后你得多照应啊！”

海瑞也听说过松江知府蔡国熙办过徐阶的儿子，可是华亭县不是他的辖地，他也弄不清楚底细，就说：“老相爷是知道我的脾气的，该我说的话，我一定要说。如果蔡国熙真的无理取闹，别人不敢作声，我也要出来说话。何况我还受过老相爷的大恩呢！”

后来，海瑞当了应天巡抚，管辖着松江府。他想起徐阶的嘱咐，决定把徐阶儿子的案子弄清楚，如果有可能，还徐阶儿子一个清白。

他贴出告示，叫百姓凡是有冤枉的都来告状。几天工夫，海瑞接到许多状子，里面有不少是告徐阶儿子的。海瑞叫人一件一件仔细调查，果然都是真的。衙门里的文书还特意搬来一筐卷宗，里面都是关于徐家为恶乡里的，其中，还有徐阶的亲笔信，要蔡国熙查办告他儿子的人。

海瑞这才知道，原来的松江知府蔡国熙审理徐阶儿子一案，因为惧怕徐阶的权势，只是挑选了几件比较轻的案子，做了处理，而徐阶也不是原来自己一直认为的秉公办事的清官，至少在教育儿子方面，他是不成功的。他不但纵容儿子犯罪，还压制别人告发他的儿子。海瑞没想到自己一向敬重的徐阶，竟会是这样的一个人。

徐阶对海瑞的品性还是比较了解的。听说海瑞贴告示让百姓申冤，徐阶心里很不安。他的儿子却一点也不在乎，说：“海瑞的这条命都是父亲救下来的，他怎么会恩将仇报呢？贴告示不过是官样文章，做戏给老百姓看的。”徐阶摇了摇头，没有再说什么。

为了调查案情，海瑞亲自来到了华亭县。徐阶带了儿子去迎接他，恭恭敬敬地把他请到家里。两个人说了一阵子客气话，就谈到案件上来了。海瑞直截了当地表示要依法惩办徐阶的儿子。徐阶急忙恳求说："海大人办事认真，徐某一向敬佩。这不肖之子做的事情，我一直不知道。都怪我教子不严，请海大人看在我的薄面上，饶他这一次，以后我一定好好管教他，叫他安分守己。"

海瑞严肃地说："相爷救过我的性命，我时刻记在心上，总想要报相爷的大恩。当年相爷救我，为的是要我多给国家给百姓办一点事。我现在秉公执法，正是不辜负相爷的期望，也是给相爷报恩！"

海瑞拒绝了徐阶的求情，把他儿子的案件一件一件调查清楚，依法治了罪，给老百姓申了冤。

心灵加油站

徐阶对海瑞有救命之恩，海瑞一直心怀感激，但感恩，不意味着盲目地报恩，那不是感恩，而是愚昧、愚忠。报恩不能没有原则。因为，如果犯罪分子对我们有恩，或者曾经帮助我们的人变成了无恶不作的罪犯，再一味地讲感恩，就是助纣为虐。我们在怀有一颗感恩的心的同时，还要像海瑞那样，保持理智的头脑和强烈的正义感，凡事能够明辨是非，分清孰轻孰重，绝对不能将私人恩怨凌驾到法律和正义之上，更不能做违反法律、违背道德的事。

心灵物语

衙斋卧听萧萧竹，疑是民间疾苦声。些小吾曹州县吏，一枝一叶总关情。

郑板桥居官爱民

“衙斋卧听萧萧竹，疑是民间疾苦声。些小吾曹州县吏，一枝一叶总关情。”

这首诗是清代文家学、画家郑板桥在山东潍县做县令时，为了勉励自己做一个爱民如子的好官写下的。郑板桥是这样写的，也是这样做的。他任县令时，非常关心民众疾苦。

为了接近百姓，郑板桥每次出巡都不打“回避”和“肃静”的牌子，不许鸣锣开道。有时，他还穿着布衣草鞋，微服访贫问苦。有一次夜里出去，郑板桥听到有间茅草屋里传出阵阵读书声。他循声走了进去，看见读书的是一个穿着破烂布衣的青年。郑板桥与青年聊了好一会儿，得知这个青年叫韩梦周。韩梦周虽然家境贫寒，但上进心强，读书非常用功。郑板桥看了韩梦周写的文章，觉得文采和见地都不错，具有一定的潜力，就拿出自己的银子资助他，使他能去参加科举考试。最后，韩梦周中了进士，成为了一名很有作为的官员。

郑板桥自己的孩子早早就夭折了，他推己及人，经常寻访孤儿，然后倾力相助。县学里的孩子放学碰上雨天不能回家，他就让人给孩子们送饭，又想到孩子们走泥路容易坏鞋，就让人找些旧鞋送给他们。

1764年，潍县一带遭遇几十年一遇的大灾，百姓饿死无数，甚至出现了人吃人的现象。灾情开始时，郑板桥就捐出了自己的俸禄，用来帮助百姓，同时呼吁城中的富户设粥局，救济灾民。富户们不情愿，他便亲自去做说服工作，甚至不惜送出自己的字画，以诚心打动他们。

但是，灾情还是越来越重。郑板桥决定打开官府的仓库放粮赈灾。下属劝他说：“您要向朝廷报告才行，不然，要追究您的责任的。”郑板桥说：“报告往返要很长时间，那要多饿死多少人呢！马上开仓放粮，上面追究下来我来担当！”他当即签发命令，让百姓们签字后，从官府取粮，来年归还。同时，郑板桥借着修缮城池的名义，招募那些没饭吃的饥民干活儿，以工代赈。这些举措，救活了上万名灾民。

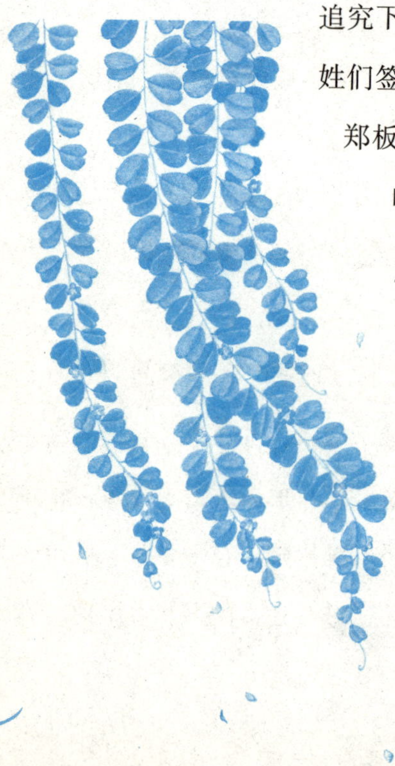

屋漏偏逢连夜雨，郑板桥没想到的是，第二年，潍县灾情依然在延续，土地再次歉收，乡亲们欠官府的粮食自然还不上。郑板桥很无奈，干脆叫属下将记录百姓们欠粮的债券全烧了，百姓们都很感激这位爱民如子的父

母官。直到第三年秋天，新粮下来，潍县才勉强度过这场大灾。

下属们的担心最后还是变成了现实，有高官以郑板桥私自开仓放粮为由弹劾他。郑板桥对清政府日渐失望，就以身体不好为由，辞官回乡。走的时候，郑板桥只雇了三头毛驴，一头自己骑着，一头让别人骑着在前方带路，另一头驮着全部行李。闻讯赶来送行的百姓看到郑板桥当了十几年县令，积攒下来的全部家当竟然只有这么一点，全都哭了。

心灵加油站

中国古代儒家思想强调官员要爱民，为百姓做实事，为官一任，造福一方。郑板桥就是这样一个好官。当大灾发生时，郑板桥面临两难选择，是为民履职、救民于水火，还是保住乌纱帽。郑板桥果断地选择了前者。为此，他丢了官，不得不回老家以卖画谋生。郑板桥仕途并不顺利，四十四岁才考中进士，五十岁才当县令，官职得来不易。然而，为了百姓，他毅然舍弃了乌纱。郑板桥的选择，体现了中国古代知识分子的良心和中国古代清官的仁爱之心。他的风范与操守，今天仍然值得我们学习。

心灵物语

爱是人类最丰厚最庄严的奉献，爱是改变这个世界的唯一的力量和信念。有爱慰藉的人，无惧于任何事物、任何人。

武训行乞办义学

武训是清朝末年一位具有仁爱精神的乞丐。他用乞讨赚来的钱兴办义学，帮助很多平民子弟实现了求学梦。

武训原名武七，出生于山东省堂邑县柳林镇武庄。武训的家庭非常贫困，他三岁的时候，父亲就得病去世了。母亲无法养活孩子，将武训的姐姐送人当童养媳，武训小小年纪不得不四处乞讨，要来钱粮饭菜侍奉母亲。乡亲们都说这是一个孝顺的孩子，称他为“孝乞”。

屋漏偏逢连夜雨，武训七岁时，母亲也病逝了。孤苦伶仃的武训只能靠要饭和给富人家做工来维持三餐。他先是给姨父做工，姨父对他很不好。后来，他又来到另一个村子，给一位举人干活儿。这个举人更是个为富不仁的黑心财主，武训的姐姐给他写了封信，并捎来几吊钱，举人竟然将钱私吞了。二十一岁那年，伯母病重，为了帮伯母筹钱治病，武训找到举人讨要这几年干活儿的工钱，举人欺负武训不识字，随便弄了个账本糊弄武训，说："你看，工钱早给过了！"武训自然不服，举人找人将他狠狠地打了一顿，并扔到一座破庙里。

在这座破庙里，武训整整昏迷了三天。醒来后，武训痛定思痛，认为自己之所以屡屡被骗，就是因为没有文化。他想，自己年龄大了，没文化也就罢了，不能再让穷苦乡亲们的孩子也没有文化。于是，他萌发了乞讨集资兴办义学，帮助孩子们读书的想法。

从那以后，武训穿着自己那身破烂衣服，肩上背着旧褡袋，手里拿着铜勺，开始在各地乞讨。他的足迹遍布山东、河南、河北、江苏。武训不仅乞讨，还帮助人家干活儿，种田、挑水、锄草、砍柴，只要给钱，什么都干。武训乞讨时，还经常编一些顺口溜，一边行乞，一边唱："出粪、锄草，拉砘子来找，管黑不管了，不论钱多少。"还有，"给我钱，我砘田，修个义学不费难。又当骡子又当牛，修个义学不犯愁。"

几年后，武训攒够了六千文钱。他来到当地一个非常善于经营的财主家，要求见财主。财主不肯见他，让仆人拿了点零钱打发他走，他便在门口长跪不起。财主没有办法，将他叫进屋内，问："你到底想要多少钱才肯走呢？"武训说："我不是要钱的，而是给您送钱来的。"财主很奇怪。武训拿出六千文钱说："我想将这些钱送到您这里经营，经营的利息您给我，将来攒足了，我好兴办学校。"财主见钱并不多，便答应下来。从那以后，武训每攒够一千文钱，都要送到这个财主那里。几年后，本息积累，武训终于有了几百两银子。

1888年，武训取出几千吊钱，在老家柳林镇办了第一所义学。他高薪聘请了一位有名的老师来讲课，还一家一家地去恳求，希望乡亲们将自己家的孩子送到学校里免费读书。师生们上课，武训经常去学校里看望，见到老师授课认真，他就当场跪拜感谢，有学生不好好学习，他也跪着恳求他们好好学习。师生们对武训既感激又敬畏，教书学习一点都不敢懈怠。

后来，武训靠乞讨积攒的钱，又办了两所义学。山东巡抚张曜知道武训的事迹后召见了他，对他大加称赞，说："你叫武七，没有正式的名字，我帮你取个名字，就叫武训吧。"他还将武训的事迹上报朝廷，光绪帝也非常感动，对武训进行了表彰，并赏给他只有立过大功的人才能拥有的"黄马褂"。

1896年，五十九岁的武训身患重病，不能再四处乞讨集资了。他躺在临清义学居所的床上，静静地听着孩子们读书的声音，微笑着闭上了眼睛。出殡那天，上万人自发地为武训送殡，队伍排出很远很远，受到他资助的师生们更是哭声震天……

心灵加油站

武训捐义学的壮举，缘于他对社会底层民众强烈的同情心和博爱精神。武训以乞讨为生，生活在社会最底层。他对文化知识的重要性有充分的认识，对农村孩子没条件读书、没有知识的现状非常痛心。他毅然以乞讨赚来的钱兴办义学，帮助贫困孩子读书识字。为了实现这一目标，武训付出了多少辛苦，承受了多少委屈，遭受了多少白眼，尝尽了多少辛酸！但他咬定青山不放松，最后，成功实现了自己的目标——办了三所义学。武训的身份是一名乞丐，精神上却是一个不折不扣的圣人！

心灵物语

母爱是世间最伟大的力量。没有无私的、自我牺牲的母爱的抚慰，孩子的心灵将是一片荒漠。

平凡又伟大的母亲

著名思想家、教育家梁启超的第二位夫人王桂荃，原来是大夫人李蕙仙的丫鬟。

王桂荃的童年十分凄惨，从四岁开始，她被人贩子转卖了四次。十岁那年，李蕙仙娘家将王桂荃买来当丫鬟，王桂荃总算过上了相对安稳的日子。李蕙仙回娘家时，发现这个小丫头聪明伶俐，就跟家里讨来，做了自己的丫鬟。后来，经李蕙仙同意，王桂荃成为了梁启超的第二位夫人。

王桂荃虽然没什么文化，但人非常聪明上进。康有为、梁启超领导戊戌变法，在光绪皇帝的支持下进行改革，慈禧太后坚决反对，剥夺光绪帝的权力，并镇压维新派。梁启超不得不带着家人逃亡日本。王桂荃这个没读过书的家庭妇女，在日本竟然很快学得一口流利的日语，负责起一大家子人的起居。每天外出买菜和办事，都是她去操办。梁启超流亡海外十四年，主要靠卖文谋生，生活很是清苦。李蕙仙是千金小姐，体弱多病。家中大小事务，全都由王桂荃操持掌管，她把一家人的饮食起居安排得妥妥帖帖。

李蕙仙为梁启超生了三个儿女，王桂荃为梁启超生了六个儿女。这些孩子叫李蕙仙为妈，称王桂荃为娘，他们与娘反而更亲近。王桂荃非常敬佩梁启超，认为有文化非常重要。孩子学习时，她也跟着在旁边识字，孩子们学习不断进步，她竟然也学会了看报写信。

梁启超长子梁思成是李蕙仙所生，他与生母感情不深，对王桂荃却十分尊重关心。有一次，梁思成考试成绩不好，李蕙仙气急了，用绑了铁丝的鸡毛掸子狠狠地抽他。王桂荃吓坏了，她一把将梁思成搂到怀里，用身子护着他。李蕙仙还在气头上，不肯收手，鸡毛掸子一下下地抽在了王桂荃的身上，王桂荃后背上被打出一道又一道伤痕，但她就是护着梁思成不肯撒手。

李蕙仙气呼呼地离开后，王桂荃拉住梁思成，一边替他擦干泪水，一边用很温和、朴素的话语教育他好好学习，说："成龙上天，成蛇钻草，你们看哪样好？不怕笨，就怕懒。看你爹多有学问，还不停地读书。"

1924年，李蕙仙因患乳腺癌去世，梁启超悲痛万分，王桂荃百般劝慰，精心照料，可是，五年后的深秋，梁启超也因患肾病撒手人寰，留下大大小小九个子女。临终前，梁启超拉住王桂荃的手说："对不起，让你受苦了，孩子们就拜托你了。"王桂荃的眼泪夺眶而出，却坚定地说："先生放心，孩子们有我呢！"

王桂荃勇敢地面对生活的磨难和考验，哪怕家里再穷，都坚持供孩子上学。她的勤奋坚忍潜移默化地影响了孩子们，也成就了这九个子女的人生，他们成年后各个成才，其中还出了三位中国科学院院士：建筑学家梁思成、考古学家梁思永和航天专家梁思礼。

王桂荃去世后，梁家兄妹都非常悲痛。他们在梁启超墓前合种了一株母亲树，纪念这位平凡而伟大的母亲。

心灵加油站

王桂荃是梁启超的第二位夫人，一位平凡但极有爱心的母亲。梁启超是社会活动家、学者，他的时间非常紧张。李夫人出身名门，并不会理财管家，梁家真正的劳力和管家是二夫人王桂荃。王桂荃以自己的勤劳，操持着一家老小的生活：她最让人感动的是，虽然没有接受过教育，但她有意无意地，总是给孩子们发挥出良好的示范作用。孩子们学习，她也在旁边读书识字。逃亡到日本，她先学会日语。家庭接连遭遇不幸，她总是勇敢地面对。正是在她的影响和带动下，梁家九个子女才各个成才。

心灵物语

爱国是一种坚定的民族精神，更是一种振兴中华的责任感。我们要用这种强大的精神力量去描绘祖国未来的宏图，将一片丹心献给祖国。

义捐网师园

何澄是一位爱国人士。他早年曾经跟随孙中山参加辛亥革命。后来，因为不想参与军阀混战，不想中国人自己打内战，就退出了军界和政界，转而经商办教育，积累了一些财富。在苏州兴办实业期间，何澄对中国园林逐渐有了研究，他特别喜欢苏州的网师园。

网师园是中国园林艺术的瑰宝，建于南宋期间。当时，侍郎史正志因为反对张浚北伐被免了官职，退居苏州，在网师园这片区域开始建园，建造花圃，种了五百株牡丹花，当时，这个园子叫“渔隐”。后来，网师园几经转手，经过历任园主的整饬修葺，园林布局越来越讲究，建造工艺也越来越精致。

清朝乾隆年间，富商瞿远村买下了这个园子，他找人对这座园林重新进行了精心设计，并做了大规模的改造，使得网师园布局更紧凑，建筑更精巧，比例更协调，景色更优美，成为中国园林艺术当之无愧的代表作品。民国时期，军阀张作霖将这座园林买下，送给了他的老师张锡銮。

抗日战争爆发后，张锡銮家道中落，拿不出钱对这座园林进行维修，网师园的建筑、假山已经非常破败，有的很快就会倒塌。何澄知道网师园的价值，他不忍心这座园林就这样毁了。1940年，何澄拿出积攒下来的大部分钱财，从张锡銮父子手中将网师园买下。

买下网师园后，何澄雇了大批工匠，自己亲自指导他们，对网师园的假山、树木、房屋和家具等进行了修葺和整饬。经过三年整修，网师园这座老园林，重新焕发出了青春的光彩。

值得一提的是，网师园是一座府宅园林，也就是兼具居住和观赏作用的园林。历代园主买下它，都是用来居住的。何澄买下网师园，自己却从来不住在这里。他说，网师园里面全是花草树木，房屋也多是木结构建筑，自己住进来就要生火做饭，很容易引起火灾，而一旦发生火灾，整个园林就毁了，只有“避炊”才能真正保护好这座园林。

抗战胜利后，何澄离开苏州来到北平，就是后来的北京。1946年5月11日，何澄突然得了脑血栓。临终前，他将夫人和子女叫到身边，说：“网师园是属于中华民族的，我之所以购买网师园，只是为了避免流失毁坏，将来必还之于民。”

1950年，何澄的子女遵照父亲的愿望，把它捐献给全中国人民。捐献时，网师园中保存的一百多件珍贵文物，他们一件都没有动。如今，苏州的网师园作为中国园林艺术的瑰宝、重点旅游景区，每天都会迎来成百上千名游客。1997年，网师园被联合国教科文组织列入世界文化遗产名录。

何澄不仅自己非常爱国，积极报效国家，也教育子女要爱国。他说：

"我有八个儿女，将来分别让他们到八国联军打败我们的国家去学习，等学到比我们好的科学技术后，再想法打败他们。"在何澄的影响下，他的子女都勤奋好学，热爱国家，并且各个成才。

何澄的儿子何泽涌为著名细胞学家。大女儿何贻贞是我国著名材料学家，她的丈夫是中科院院士、著名金属物理学家葛庭燧。二女儿何泽慧是我国著名物理学家，有中国"居里夫人"之称，她的丈夫就是"两弹"元勋、著名科学家钱三强。三女儿何泽瑛一直从事植物形态和种子研究，在中国植物学界有较大影响。

心灵加油站

我们生在祖国的土地上，长在这个伟大的国度，这方水土哺育了我们，这里的人民养育了我们。祖国是我们的根，是我们的源。没有祖国，就没有我们的安栖之所；没有祖国，就没有我们做人的尊严；没有祖国，就没有我们所拥有的一切！每一位中华儿女，都应该真心感恩祖国，积极回报社会。每一个对国家、社会有责任心的人，都应该像何澄那样，用一颗炽热的心去热爱祖国，面对这片土地上的人民，想方设法，竭尽全力报效祖国，回报社会，服务人民。

心灵物语

有一种爱是没有国界的，这种爱博大而无私；正如春天里的暖阳可以驱散寒冬的阴霾一样，这种爱是生命中的光荣和骄傲。

日本古都的中国恩人

梁思成是我国著名建筑学家。他在国外留学取得学位后，回到中国，筹建了中国北方第一个建筑学系，培养了很多建筑师，著名的清华大学建筑系也是他一手筹建的。

20世纪30年代，国内的科学技术严重落后，古建筑基本上没有得到有效保护，甚至国内到底有多少古建筑，其价值在哪里，都不清楚。梁思成和妻子林徽因带着助手，在河北、山西等地，对中国古建筑进行了野外考察。

他们有时搭火车，有时坐乡亲们的驴车，有时步行，克服了很多困难，在我国第一次用科学手段对古建筑进行了考察，并写出了一系列报告。在考察过程中，他们发现了山西五台山佛光寺等一系列珍贵古建筑。

1945年，第二次世界大战进入了最后阶段，日本帝国主义还在进行最后的抵抗，以英、美、法为主的盟军计划加快、加强打击的力度，对日本进行地毯式的轰炸，摧毁城市与乡村，同时也对中国沦陷区的日本侵略军进行轰炸，让日本侵略者尝尝发动战争的苦果。

为了避免轰炸时毁掉中国的珍贵文物，国民政府成立了一个文物保护委员会，由梁思成带着一个助手，在地图上标出我国最重要的古建筑，提供给中国军队和盟军。这样，在轰炸日军时，尽可能避开这些文物。

梁思成和助手工作非常认真，用了几个月的时间，在地图上将中国的重要古建筑一一标出。标注完成，梁思成经过反复思考，又在日本地图上画了两个圈，那里是日本著名的古城京都和奈良。

地图交上去后，国民政府和盟军的工作人员都非常惊讶。梁思成的父亲是领导戊戌变法的思想家梁启超，对这个著名的家庭，许多人都非常关注，大家都知道梁家在抗日战争中的遭遇。

梁思成的弟弟梁思忠是一个炮兵上校，他参加了淞沪会战，顽强抵抗日本侵略军对上海的进攻。由于战场条件太过恶劣，他得了重病，没能及时医治，牺牲时年仅二十五岁。梁思成之妻——林徽因的弟弟林恒是一名空军飞行员，在驾驶战机与日军作战时，壮烈牺牲。

梁家与日本军队有血海深仇。那么，梁思成为什么要建议盟军对日本轰炸时，避开京都和奈良，保护这两座古城呢？奈良是日本曾经的都城，是仿唐朝都城长安建设的，现在还保存着大量古迹，其中包括鉴真东渡后建设的唐招提寺。

日本京都有一千多年的历史，从建成到20世纪中期，它一直是日本的都城，文物古迹更是数不胜数。两座古城最有价值的古迹都是木建筑，如果遇到炸弹轰炸，后果不堪设想。

梁思成曾经在日本生活过很长时间，对京都和奈良的价值有很深的了解。他认为，日本的文化遗产不仅仅属于日本人民，还属于世界人民；同样，中国的文化遗产不仅仅属于中国人民，也属于世界人民。建筑绝不是某一民族的，而是全人类文明的结晶。像奈良的唐招提寺，是全世界最早的木结构建筑之一，一旦炸毁，是无法补救的。日本军队侵略中国，犯下滔天罪行，但这与日本的古城和古建筑无关。所以，梁思成提出了保护这两座古城的建议。

1945年夏季，美、英等国在太平洋上集结了两百万人的军队，对日本进行持续而强有力的轰炸。因为梁思成的嘱托和美国学者的争取，日本京都、奈良没有遭到轰炸，这两座古城得以保存。

日本的古建筑权威、工学博士福山敏男先生说："梁思成先生是我们日本的大恩人，是他在第二次世界大战中向美国提出了保护奈良和京都的建议，我们的古都才免遭轰炸得以保存。我们永远不会忘记他。"

心灵加油站

日本帝国主义侵略中国，给梁思成一家造成了巨大的伤害——梁家不得不辗转移居四川，梁思成夫人林徽因因此染上重病，多位亲友在抗战中牺牲，说梁思成对日本有刻骨仇恨并不为过，但人类共同文化遗产的保护，显然要比个人仇恨重要。所以，梁思成心中的大爱战胜了个人仇恨，他提出了请盟军不要轰炸两个古都的请求。有一种爱是没有国界的。当爱心融进了智慧和情感，它就会超越恩怨和时空。梁思成用他博大的爱心，书写出了人类文明史上最精彩、最动人的传奇。

心灵物语

母爱是一座高高的山，无论你有多大困难，它总是你依靠的屏障，为我们撑起头顶上的绿荫，为你遮风挡雨，令你心安神怡。

世界母性之楷模

何香凝出生于香港的一个商人家庭，从小就开始接触西方的自由思想。爱读书好学习的她，不像一般的富家千金那样热衷于打牌和穿戴，而是不断地读书和学习知识——在当时这可是男人才做的事情。

1897年，何香凝与廖仲恺结婚。夫妇二人婚后相当恩爱：每天，何香凝通过廖仲恺带回的书刊了解时事，并和丈夫一起讨论诗文和政治。在廖仲恺投身革命之后，何香凝也走出家门，开始为丈夫的事业奔走。后来，两个人生下了一儿一女，男孩子取名叫承志，女孩子取名叫梦醒。何香凝除了为丈夫的事业奔波之外，还要抚养和教育这一双儿女。两个孩子在父母的熏陶之下，也接受了革命思想，期待着有一天能够像父亲一样成为革命的先锋，可是好景不长。1925年8月，廖仲恺被人暗杀，丈夫的鲜血染红了何香凝的衣襟。何香凝悲愤交加，在自家大门上写下了“精神不死”四个大字，并把两个孩子叫到身前，问他们：“三年前，你们的父亲被叛军囚禁的时候给你们写的诀别诗，你们还记得吗？”姐弟俩齐声背了起来：“女勿悲，儿勿啼，阿爹去矣不言归。欲要阿爹喜，阿女、阿儿惜身体！欲要阿爹乐，阿女、阿儿勤苦学……”

后来，姐弟二人果然没有辜负父亲的遗志和母亲的期望，先后加入了中国共产党，走上了救国救民的道路。

1933年，廖承志忽然被逮捕。何香凝听到了消息，心脏病复发，但第二天，她就在报纸上通电全国，质问国民政府的行径。当天晚上，柳亚子来到何香凝的家中，告诉她廖承志即将被带往南京。何香凝听了，顾不上心脏病发作的危险，叫人把她抬上汽车去上海市政府，并告诉市长她要“和儿子一起坐牢”。

市长慑于何香凝的影响，急忙联系蒋介石，蒋介石只好同意释放廖承志。于是，廖承志在外奔波多年之后，回到了母亲的身边。廖承志与母亲久未团聚，此次又是在母亲的努力之下才脱离险境，自然希望好好陪伴母亲。

但是很快，何香凝就发现廖承志真正的志向并不是待在家里过安逸的生活。一个多月后的一天晚上，宋庆龄忽然来到何香凝家中，给了廖承志一支藏有共产国际秘密指示的香烟。指示上说，上海的秘密工作已经很难再维持下去，所以共产国际决定让廖承志前往陕北苏区。廖承志感到左右为难，一方面他知道在这里对事业已再无任何帮助，但另一方面他又不想离开母亲。

知子莫若母。何香凝看出了廖承志的心事，于是把他叫到面前，告诉他："不要再守着我这个老婆子了，去完成共产国际的指示吧。记住，宁可死，也不要当无耻之徒。"

母子二人一分别就是四年。四年后，何香凝才接到儿子的音信——廖承志历经九死一生终于到达陕北苏区，继续自己的革命事业。何香凝在得知儿子的消息之后非常高兴，马上给他发去了一封电报："须努力奋斗。"

何香凝的事迹后来被报纸报道，而她"世界母性之楷模"的称号也传遍了整个中国。

心灵加油站

何香凝一家四口，全都是中国革命的先行者。在廖仲恺被暗杀后，丈夫未竟的事业和抚养儿女的责任就全都落在了何香凝一个人的肩上，但是，何香凝依旧坚持着。她不仅将一双儿女培养成伟大的革命者，还为儿女的革命事业做出了巨大奉献。当儿女有危难的时候，她义无反顾地站了出来；当儿女需要离开她为事业奔波的时候，她又毅然支持儿女的离开。母性的伟大，就在于对儿女的支持和爱护。当你正在为自己的事业奋斗的时候，请记住，深爱着你的母亲永远是你最坚强的后盾。

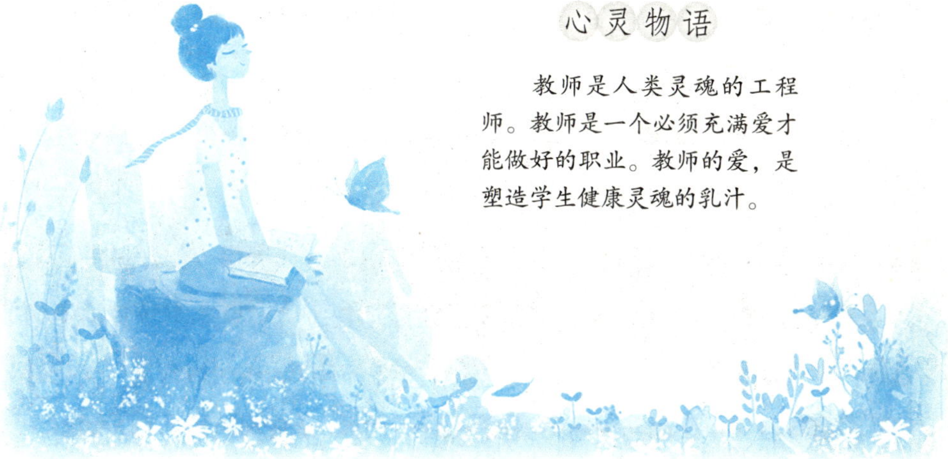

心灵物语

教师是人类灵魂的工程师。教师是一个必须充满爱才能做好的职业。教师的爱，是塑造学生健康灵魂的乳汁。

胡适资助学生

著名学者胡适长期从事教育工作，他经常帮助一些生活有困难的学生。1920年，林语堂考取了美国哈佛大学，他找到胡适，表示希望能够获得公费支持。胡适微笑着答应了，但提了一个要求，那就是林语堂学成回国后，要到北大任教。不料，林语堂到了美国后，公费没有按时汇去，他顿时陷入困境，只好打电报给胡适告急。不久，林语堂收到两千美元汇款，这笔钱帮助他顺利地完成了学业。

林语堂从哈佛大学毕业回到北京，来到北京大学准备履行自己的承诺。此时，任北京大学校长的是蒋梦麟。林语堂当面向蒋梦麟感谢汇款的事，不料蒋梦麟竟莫名其妙。原来汇去的钱根本不是校方的，而是胡适自己的钱。两千美元，在当时是一笔很大的款项，胡适竟然没有跟任何人说过。

胡适直接给予资助的，不仅仅只有林语堂这一位学生，还有许德珩、陈之藩、李敖等，这些学生后来都成为了著名的专家学者。除了给钱，胡适还通过其他方式帮助学生。

罗尔纲是上海中国公学的学生，他上学时，胡适任校长。1929年春，为了激励学生求学的热情，胡适颁布了奖学金条例，奖励全校学业最优秀的五名学生，罗尔纲是其中之一。这时的罗尔纲学业突出，但性格沉闷木讷，不善于交际，也不活跃，可是胡适还是记住了他。罗尔纲快要毕业的时候，决定从事历史研究，他很冒昧地写信给胡适，请求胡适帮助。

收到信后，胡适盛情邀请罗尔纲去他家，帮助他整理资料。与此同时，罗尔纲也顺便辅导胡适两个儿子胡祖望、胡思杜的功课。胡适后来辞去中国公学校长的职务，前往北大教书，罗尔纲也跟着胡适一起来到了北平。

这一时期，胡适正致力考证《醒世姻缘传》的作者，而罗尔纲则是胡适的学术助手。在帮胡适查找资料的过程中，罗尔纲领悟到了胡适关于学术研究的方法。

这期间，罗尔纲曾经回广西短暂教过书，但他任教的地方缺乏读书做学问的必要条件，他最终决定重回北平。得知罗尔纲的意愿后，胡适给罗尔纲写了一封热情洋溢的信：“你觉得家乡环境不适宜你做研究，我也赞成你出来住几年。你若肯留在我家中我十分欢迎，但我不能不向你提出几个要求：

（一）你不可再向你家中取钱来用。（二）我每月送你四十元零用，你不可再辞。（三）你何时能来，我寄一百元给你做旅费，你不可辞。如此数不敷，望你实告我……"

又过了一段时间，胡适甚至帮助罗尔纲将他的妻子也接到了北平，他们一度一起住在胡适家中。也正是在这一时期，罗尔纲在胡适的指导下，走上了研究太平天国的学术道路。后来，他成为我国在太平天国研究方面最有建树的历史学家之一。

心灵加油站

胡适只是学者，不是富豪，他的收入来自教学工资和稿费。胡适为了帮助学生，甚至在北京居住很多年都没有买房，为此，妻子与他争执过好几次。胡适每次都是态度良好，但绝不改正，待到学生遇到困难时，依然大方地相助。胡适对学生的这种无私帮助，体现了一名老师对学生真挚的爱，也体现了一名中国学者不甘让有潜力的青年因缺钱而辍学，力争帮助社会培养更多栋梁之材的责任感。

心灵物语

遇到困难，我们要学会互助互爱，大家拧成一股绳，共同渡过难关。

爱的接力

中国科学院和中国工程院是我国最高规格、最高水平的学术机构，能够荣幸地入选为两院院士的人可谓凤毛麟角——他们均是在科学和工程技术领域有突出贡献的人。

在中国工程院，有三位姓黎的同胞兄弟，他们是大哥黎鳌、二哥黎介寿和三弟黎磊石。然而很少有人知道，黎氏三兄弟的成功，源于黎家人的爱心接力。

黎家并非什么世家大户，相反，黎家十分贫困。三兄弟的父亲和伯父都是老师，母亲则是一位家庭主妇。在父亲活着的时候，三兄弟还上得起学。父亲也对他们精心培养，寄予厚望。

老大黎鳌读高三时，想报考理工大学。这时，他接到深受心脏病折磨的父亲的来信，父亲在信中语重心长地说："我原先学工，学成之后却没有工作，只好教书。由于我生病，家里已经困苦不堪，所以你不要再学工了，还是学医吧。我若是命长，等你学成了来给我治病；若是等不到，就希望你做一个为老百姓治病的好医生。"父亲的嘱咐，深深地刻在了少年黎鳌的心上。他刻苦学习，终于考上了上海医学院。

然而父亲没有等到黎鳌学医有成的那一天，1937年，他便因为心脏病去世。家中唯一的经济来源中断了，坚强的母亲挺起了胸膛，撑起了这个家。但是，作为一名家庭妇女，她能够做的很有限。无奈之下，她带着两个孩子投奔在长沙当教员的伯父。伯父对他们很好，可是，他的生活也很清贫，有六个孩子正在上学。他能够供母子三人吃饭，却没办法拿出更多的钱供兄弟两人上学。

当时，湖南长郡中学对学习成绩优秀的学生免收学费。于是，母亲和伯父便鼓励介寿、磊石兄弟两人考长郡中学。介寿、磊石果然不负众望，考上了长郡中学，并读到了中学毕业。

中学毕业后，磊石考上了东方语言学校，介寿也考上了机械学校。因为没有钱，他们都没去报到，只得写信给大哥黎鳌寻求帮助。这时黎鳌已经毕业结婚，在江西永新国立中正医学院当教师，薪水微薄。黎鳌早就开始琢磨两个弟弟的学习问题了。收到弟弟们的来信后，他郑重地和妻子汪慧娟进行了一次谈话。黎鳌把弟弟们的情况跟妻子仔细说了，然后非常诚恳地说："两个弟弟需要帮助，我想把他们接过来，你看可以吗？"汪慧娟是一个非常通情达理的女人，她没有任何犹豫就点头说："行，你怎么做我都支持你。"黎鳌非常感激地拍了拍妻子的手。很快，他便将介寿与磊石接到家里，如父亲一般照顾两个弟弟。

黎鳌多方奔走，使介寿与磊石当上了一家医院的检验练习生，每天做洗瓶子之类的事。他俩白天挣钱糊口，晚上便在大哥指导下复习功课。第二年，他们考上了学费、伙食费均免的国立中正医学院，得以继续学习。

大哥在医学院教书，平时在学习、生活方面给予两个弟弟多方面的指导与关心，大嫂汪慧娟为两个弟弟的成长也付出了很多心血。介寿、磊石大学毕业要实习，规定要穿西装。他们知道大哥家贫，便偷偷去卖血换来钱，买了西装。当他们回到家时才发现，大嫂汪慧娟已经卖掉仅有的首饰，给他们买了西装。就这样，在父亲、母亲、伯父、大哥、大嫂的努力下，介寿和磊石先后都读完了大学，走上了医学实践与研究的道路。

这种接力式的爱与呵护，为三兄弟后来成为中国工程院院士打下了基础。

心灵加油站

黎氏三兄弟的成功，源于黎家人的爱心接力。父亲去世了，母亲和伯父想办法供他们读书。大哥工作结婚了，和大嫂一起，帮助两个弟弟。如果没有这种爱的互助，也许中国医学界就会少一段传奇。爱就是互相帮助。一个人的力量是有限的，很多份爱汇集到一起，便会形成一股强大的力量，克服难以想象的困难。所以，不管遇到什么事，我们都要互助互爱，大家拧成一股绳，共同渡过难关。

心灵物语

科学没有国界，科学家有自己的祖国。具有强烈的爱国情怀，是对科技人员的首要要求。

钱学森回国

钱学森是我国著名的科学家。1935年，钱学森获得了公费到美国留学的名额。在美国，钱学森凭借着才华和勤奋，仅仅用了十年，便成为青年科学家，还是麻省理工学院最年轻的终身教授。

第二次世界大战期间，钱学森跟随他的导师冯·卡门教授参与了当时被美国视为绝密的“曼哈顿工程”——导弹核武器的研制开发工作。美国许多领导人和科学家都非常欣赏他的才能，谁都能够看出，钱学森如果留在美国，肯定能有更好的生活条件和更优越的科研条件。

但钱学森根本没有打算在美国长久居住。有人问他：“钱博士，你存了保险金没有？”钱学森回答说：“我一美元也不存。因为我是中国人，根本不打算在美国住一辈子。”他想的是为自己祖国的高科技武器发展贡献力量。

新中国成立的消息传到美国，钱学森和夫人蒋英非常高兴。他们立即着手，准备回国。没想到，钱学森出色的科研能力成了他们回国的巨大障碍。在钱学森一家到达港口，准备登船时，美国人将他们拦了下来。

美国人太重视钱学森了，坚决不肯把他放回国。他们知道，放钱学森回国，意味着帮助新中国迅速发展导弹和核武器，让新中国变得更强大。美国海军部次长甚至恶狠狠地说："他知道所有美国导弹工程的核心机密。一个钱学森抵得上五个海军陆战师，我宁可把这个家伙枪毙了，也不能放他回中国去！"

美国人开始对钱学森进行一系列政治迫害。移民局抄了钱学森的家，将他从家里带走，拘留在特米那岛上长达14天之久，直到收到麻省理工学院送去的一点五万巨额保释金后才放了他。后来，海关又没收了他的行李，包括重达八百千克的书籍和笔记本。他们认为里面有机密材料，其实，在打包之前，钱学森已交给海关检查过。终于，美国检察官再次审查了他的所有材料后，证明他并未携带机密文件。

就这样，在美国相关部门的阻挠下，钱学森整整努力了五年都没有回到中国，出门办事都有人跟踪。

钱学森回国受阻的消息传到国内，中国政府与美国政府进行了一系列谈判，但美国方面就是不肯让步，他们知道钱学森一直被监控，中国政府拿不出钱学森本人要回国的证明，便否认有这种事情。

有一天，钱学森趁着特务不注意时，在烟盒上写下了一封短信，请求中国政府帮助他回国。他将这封信夹在寄到比利时的家书中。比利时的亲友看到这封信，知道非常重要，将信转寄给了当时的中国人大副委员长陈叔通。陈叔通收到信后，立即将信交给了周恩来总理。周总理接到信后，非常高兴："这封信太重要了，这是一个铁证。"

在接下来的中美大使级谈判中，中国代表王炳南又提出了要美方放钱学森回国的问题。美国代表约翰逊要起了无赖，他耸耸肩，装作很无辜的样子说："没有证据表明钱学森先生要归国，美国政府不能强制命令他！"

王炳南亮出了钱学森的信件，理直气壮地予以驳斥："既然美国政府早在1955年4月就发表公告，允许留美学者来去自由，为什么中国科学家钱学森博士在6月间写信给中国政府，请求帮助呢？显然，中国学者要求回国却受到了阻挠。"在事实面前，约翰逊哑口无言，美国政府不得不批准钱学森回国的要求。

1955年9月17日，钱学森和夫人带着两个孩子，终于回到了祖国的怀抱。在踏上祖国土地的刹那，钱学森的眼睛湿润了，他说："我一直相信，我一定能够回到祖国，今天，我终于回来了！"

钱学森回国不久，周恩来总理便召开会议，专门听取他关于发展导弹技术的规划和设想。随后，钱学森被任命为我国第一个导弹研究机构——国防部第五研究院院长，着手发展火箭技术。1956年，钱学森带领科研人员克服了难以想象的困难，研制出了我国第一枚导弹。

1965年，钱学森向中央提出，研制人造卫星的时机已经成熟。获得批准后，他和科技人员随即转入发射卫星用的运载火箭的研制工作。经过五年的艰苦努力，中国第一枚三级火箭研制成功，科学家给它取了一个好听的名字“长征一号”。1970年4月24日，“长征一号”腾空而起，将“东方红1号”卫星送到了预定轨道，中国成为世界上第五个用自制火箭发射卫星的国家。

钱学森回国，使我国导弹、原子弹的发射技术至少向前推进了二十年。钱学森用自己杰出的工作成绩和巨大的贡献，实现了科学报国的愿望。

2007年，钱学森被评为当年“感动中国年度人物”。感动中国组委会授予钱学森的颁奖词是:

在他心里，国为重，家为轻，科学最重，名利最轻。五年归国路，十年两弹成。他是知识的宝藏，是科学的旗帜，是中华民族知识分子的典范。

心灵加油站

新中国成立初期，科技基础薄弱，百废待兴。钱学森等一批在国外留学、工作的科学家冲破重重阻挠回到祖国，以他们的才华智慧和无私奉献奠定了新中国科技建设的基础，而钱老的名言“科学没有国界，科学家有自己的祖国”，也成为激励一代又一代青年报效祖国的爱国名句。现代社会，经济交流、文化交流越来越广泛深入，我们可能不会在国内工作，可能在非洲创业，在欧美打拼，但我们要像钱老那样，始终怀有一颗火热的爱国之心，在祖国需要的时候，我们能毫不犹豫地投入到建设祖国、保卫祖国的伟大行动中去。

心灵物语

有人爱才识才，人才才会不断涌现，因此，爱才识才的人，比人才更难得、更可贵。

徐悲鸿与齐白石

著名画家齐白石坚持练画数十年，五十七岁时，他来到北京，成为一名高龄“北漂”。随后，在朋友的劝说下，齐白石关门苦练，绘画水平日渐提高，但当时的美术界，有一些人对木匠出身的齐白石很歧视，极力贬低他的作品。

与齐白石不同，留学回国的徐悲鸿三十出头便已名满天下，并任北京艺术学院院长。有一次，北京画界举办一次画展，齐白石的作品受到冷落，被挤到一个不被人注意的角落里。当徐悲鸿在展厅内看到齐白石的作品《虾趣》时，连连惊叹，说：“这真是一幅妙趣横生的好作品啊！”他立即找来展厅的负责人，把《虾趣》放到展厅中央，与他的作品并列在一起，并将《虾趣》的标价从八元改为八十元，而把自己的那幅《奔马》标价由八十元降为了七十元；他还在《虾趣》下面注明“徐悲鸿标价”的字样。此事在北京引起轰动，齐白石的名字由此进入人们的视野。

随后，徐悲鸿通过朋友介绍，结识了齐白石，他对齐白石非常欣赏。他发出聘书，聘请齐白石担任美术学院教授，聘书发出许久，也没有收到回信。于是徐悲鸿亲自坐着马车来到齐白石家拜访。齐白石见这位鼎鼎大名的院长亲临邀请，连连赔罪说，自己没受过正规绘画教育，觉得没有资格当教授，所以不敢接受邀请。徐悲鸿便动之以情、晓之以理，反复劝说，齐白石盛情难却，鼓起勇气答应了。为了给齐白石壮胆加油，齐白石第一次上课，徐悲鸿亲自陪同，获得了很大的成功。事后，齐白石含着热泪说：“徐先生，我没有想到，有生之年竟然能够在大学课堂讲课教画，我该怎么感谢您呢？”

1931年5月，为了扩大齐白石的影响，徐悲鸿说服中华书局出版了《齐白石画集》，他亲自编辑齐白石的画作并写了序。画集出版后，齐白石声名大噪，一举奠定了我国近代国画一代宗师的地位。

新中国成立后，齐白石年事已高，主要是在家里画画，颐养天年。徐悲鸿虽然只有五十多岁，但身体很不好，然而，他非常珍惜时光，常常带病工作。他还担任了新中国第一任中央美术学院院长、全国美术家协会主席。徐悲鸿对老朋友齐白石，依然给予了无微不至的关心和照顾。两位大画家交往频繁，每年徐悲鸿院子里的桃子熟了，两家都要一起聚会吃桃子。

1953年9月，徐悲鸿突发脑出血逝世。在很长的时间内，周围的人不敢把这个噩耗告诉齐白石，怕老人家接受不了。这年桃子熟了的时候，徐悲鸿的夫人廖静文带着一篮桃子来到白石老人家。齐白石敏锐地察觉事情不对，问："怎么不见悲鸿先生来？"廖静文说出差去了。齐白石感到好友可能出了事，便要儿子陪着，雇了一辆三轮车，来到了徐悲鸿家里，走到门口，发现竟然挂着徐悲鸿纪念馆的牌子，知道好友果然已经不在人世了。齐白石缓缓地走进屋内，坐在原来徐悲鸿在的时候常坐的沙发上，沉默了好久、好久。随后，他叫儿子搀着自己，走到隔壁徐悲鸿的遗像前深深地鞠躬，说："悲鸿先生，我来看你了，我是齐白石。"说着，泪水就流了下来。齐白石对于徐悲鸿的知遇之恩感念终生，他多次对人说："生我者父母，知我者徐君也。"

心灵加油站

徐悲鸿是齐白石真正的伯乐。在齐白石还没有丝毫名气时，徐悲鸿敏锐地发现了他的画的价值，将齐白石的画价标得比自己的画还高。徐悲鸿这样做，更主要的是出于提携人才的目的。后来，他更是请齐白石到大学授课，帮助编辑出版画册，使世人逐渐认识和接受齐白石。事实上，作为美术教育家，徐悲鸿总是不遗余力地帮助和提携在美术方面有才华的年轻艺术家，培养的美术人才数以千计。徐悲鸿识才爱才、甘当伯乐的宽阔胸怀，值得每一位中国人学习。

心灵物语

失和家必败，有爱渡难关。亲人就像冬天的棉衣，在你最需要温暖的时候给你温暖，在你最需要帮助的时候，不离不弃。

一碗馄饨和十多年的饭

夜深了，一个十七八岁的女孩孤独地走在街头。

女孩和妈妈吵架了，因为一件小事：妈妈在帮女孩收拾房间的时候，看到了女孩掉落在地上的日记。妈妈拾起来，顺手翻看了几页。正巧，女孩放学回家，看到了这一幕，顿时生气了。两人开始只是争论，后来忍不住就吵了起来。

“我再也不回这个家了！”女孩大喊，然后推开房门，冲到黑暗中。

女孩不知道去哪里。在马路上，她走走停停，心中的愤怒一直没有消除。妈妈怎么可以这样！偷看人家日记，窥探人家的隐私，这和小偷有什么区别？

转眼女孩已经离开家两三个小时了。她还想继续走，一直走到天亮。天亮了，总归有去的地方，然而就在这时，她的肚子很不争气地叫了起来。因为跟妈妈吵架，没有吃饭，又在街上走了这么长时间，女孩早饿了。

忍着饿，女孩又走了一会儿，这时她看到街角有一个小吃摊，摊主是一位白发苍苍的老婆婆。小吃摊旁边架着一口锅，大概是煮面条或馄饨用的，下面的炭火还在烧着，锅里的香气飘进女孩的鼻孔里，她的饥饿感更强烈了。

女孩咽了口唾沫，走到小吃摊前，对老婆婆说："婆婆，我实在饿得厉害，能给我一碗馄饨吗？"

"闺女，你坐那儿，我这就给你下馄饨去。"老婆婆慈祥地说。

没两分钟，一碗热腾腾的馄饨便送到了女孩面前，老婆婆还给女孩拿了一碟小菜。因为夜深了，客人很少，老婆婆干脆坐在旁边，一边看着女孩吃，一边陪她聊天。

馄饨是女孩最喜欢的韭菜猪肉馅儿，热腾腾的馄饨吃下去，那种美味、那种充实，真是太舒服了，女孩的眼泪一下子就流了出来。

女孩抹了抹泪，对老婆婆说："婆婆，真的太谢谢您了！我们不认识，您却对我这么好，愿意给我煮馄饨吃，可是我妈妈却要跟我吵架，还说我不懂事，白养了我。"

老婆婆听完，平静地说："闺女，你

怎么能这么想呢？我只不过煮了一碗馄饨给你吃，你就这么感激，而你妈妈给你做了十几年的饭，你怎么就不感激她呢？”

女孩愣住了。是啊！为什么自己对老婆婆的一碗馄饨如此感激，却忽视了母亲十几年如一日的辛苦付出呢？

女孩吃完馄饨，给老婆婆鞠了个躬，迅速向家里走去。

在家附近的十字路口，女孩看到，昏黄的路灯下，一个人影正在四处张望。是妈妈！

女孩走过去，低着头说：“妈，我错了！”

母亲抹了把泪水，拉住女孩说：“回来就好，回来就好！妈也有不对的地方，不该看你日记，妈跟你道歉。咱快点回去，你看我给你留的饭都凉了！”

心灵加油站

母爱是最平凡的，也是最深沉的。大概是因为从小到大习惯了母亲的付出，不少人都认为母亲所做的一切都是理所当然的，从而忽略了在那些最普通的行为后面，隐藏着最深沉的爱。生活中，许多人都是在自己当了父母，或者母亲永远离开后，才真正理解母爱，理解母亲的付出。母亲的付出不求回报，我们却不能不讲回报。我们要学会将心比心，珍惜母亲的巨大付出，理解母爱的深沉。我们要学会感恩，在母亲的晚年好好照顾她，好好孝敬她。

心灵物语

爱的内涵很丰富，并不仅仅是原始的亲情，更是一种牺牲精神，一种责任和担当。

我要做一名医生

1993年8月，一位老人突然感到心脏剧烈疼痛，并且很快陷入昏迷，生命危在旦夕。

主治医生凭借丰富的临床经验，很快确诊患者得的是急性心肌梗死，并立即组织急救。吸氧、镇痛、消炎、扩张冠脉、溶栓、安装临时心脏起搏器……四天后，患者恢复了正常心率。刚松一口气，险情又出现了！患者夜间突然停止了呼吸，原本平稳的心率顿时消失。主治医生火速诊断，制定了人工心外按摩、气管插管、麻醉机给氧等急救方案，终于使这位心跳、呼吸停止了十分钟的高龄患者醒了过来。目睹这一切的人无不感叹：医生真是创造了奇迹!

这名创造奇迹的医生就是我国著名的心血管病专家方圻。

方圻长期工作在临床第一线，在心血管病研究方面做出了重要贡献。他曾经为毛泽东、周恩来、叶剑英、聂荣臻、陈毅等人做保健工作，并且还走出国门，对一些外国政要的重病进行过会诊和治疗。

方圻之所以选择行医救人，最初的原因是来自他对家人的爱和责任。

方圻出身于一个比较富裕的家庭，但这个家里很少有欢声笑语。原来，方圻的家族患有遗传性血友病。方圻的弟弟才一岁多就不时吐血、尿血，身上碰破一点皮就流血不止。面对被疾病折磨的弟弟，方圻和家人根本无能为力，只能眼巴巴地等着医生的到来。医生也没有办法，只能给孩子止血、输液。母亲常常为此哭泣，边哭边说："这日子可怎么过呀！"那时方圻还很小，看到这些，他就想，如果自己是医生，能给弟弟治病，那该有多好啊！可惜，弟弟还是早早地离开了人世。祸不单行，没多久，方圻的姐姐又得了肺结核。在当时，肺结核很难治愈，姐姐也被病魔夺去了生命。

"爸爸，我要学医！"目睹这一切的方圻，将自己的决定跟爸爸说了。爸爸非常支持他，说："不只是我们方家，患血友病和肺结核的人并不少见。你是有责任心的好孩子。做人就应该这样，不能只为自己考虑，还要为其他人考虑。"

抱着从医为人治病的想法，方圻学习更加勤奋，以优异的成绩考入协和医学院，随后又进入上海圣约翰大学医学院和成都华西大学医学院深造，并获得了医学博士学位。

后来，方圻坚持一面行医，一面加强科研探索，成为我国著名的心血管病专家，挽救了无数人的生命。

心灵加油站

爱意味着责任。方圻因为深深地爱着家人，才觉得自己有责任去学医，当个医生，为家人治病，解除疾病的困扰，而这种责任感的确立，又成了他学习医学、钻研医学的强大动力。不只是对家人之爱，对朋友之爱，对祖国之爱，同样也意味着一种责任。当你真心爱着家人、朋友，你会感到有责任使他们幸福；当你深爱伟大的祖国，你会感到有责任为祖国繁荣富强贡献力量。感受到责任是人成熟的表现。我们要像方圻那样，善于把爱与责任化为学习的动力和战胜困难的毅力。

心灵物语

感恩是爱和善的基础，常怀着感恩的情怀，可以让自己活得更加美丽，更加充实。

唐山十三农民兄弟志愿救灾

1976年，我国河北省唐山市发生了大地震，人民的生命和财产遭受巨大损失。

关键时刻，解放军赶到灾区，用铁锹和双手，从废墟中救出了无数受灾群众。全国人民也通过捐款、捐物、义务劳动等方式，给了唐山人民无私的帮助。正是因为全国军民的无私帮助，唐山人民才最终战胜灾难，让一个崭新的唐山市重新屹立起来。

唐山重建后，许多接受过全国军民帮助的人，都将这些恩惠记在心里。有条件时，他们通过回报社会的方式来回报当年好心人的帮助。其中，最让人感动的，是唐山十三农民兄弟。

唐山十三农民兄弟分别是宋志永、杨国明、杨东、王加祥、王得良、宋志先、王宝国、王宝中、曹秀军、尹福、宋久富、杨国平、王金龙。他们中年龄最大的六十二岁，最小的十九岁，都是唐山市玉田县东八里铺村二组的农民。

2008年，我国华南地区遭遇特大雪灾，南方许多城市受灾严重。湖南郴州是其中的一个重灾区，铁路、陆路交通陷入瘫痪，电力供应中断，成了一座冰雪中的孤城。

宋志永等十三个人，在元旦那天租了辆中巴车，迎风冒雪离开唐山，前往郴州参与救灾。他们自己准备了食品和工具，很快赶到郴州电力抢险指挥部，成了湖南电力安装工程公司一支编外“搬运队”，每天起早贪黑、踏雪履冰为抢修工地扛东西、搬材料、抬电线杆。

他们在灾区整整奋战了十六天，2月23日，郴州取得了抗击雪灾基本胜利，唐山十三农民兄弟这才准备返乡。很多郴州市民在得知这一消息后，都自发赶来为他们送行。郴州市为了感谢他们，还授予了他们郴州“荣誉市民”的称谓。

2008年5月12日下午，四川汶川发生八级特大地震。宋志永和十二位兄弟得到消息后，立即准备好工具、食品和水，几经辗转来到灾情最重的北川县城，成为最早进入北川的志愿者之一。

他们用最原始的工

具——铁锤砸、钢钎撬、徒手刨，一直不停地寻找幸存者。只要哪里需要，他们就到哪里，饿了，就吃点自己带的食品，困了，就随便找地方睡一觉，然后再去救灾。他们与解放军、武警战士一起，救出了二十五名幸存者，刨出近六十名遇难者遗体。

2008年，唐山十三农民兄弟被中央电视台评为感动中国人物。

心灵加油站

一切情绪之中最有威力的便是爱心，但它以不同的面貌呈现出来。感恩也是一种爱。唐山十三农民兄弟，有的年龄大些，曾经历过唐山大地震，有的则非常年轻，并没有经历那次浩劫，但是他们的父母、爷爷奶奶、朋友乡亲，因为解放军和全国人民无私的爱和帮助而活了下来。唐山十三农民兄弟作为间接的受益者，他们感恩。作为唐山人，他们觉得应该做出回报。感恩还意味着，即便受恩者不是自己，别人帮助了我们的家人，我们的亲友，我们同样要心存感激，努力回报。

心灵物语

人并不是生来就懂得爱与感恩，感恩是需要学习的，培育一颗感恩的心，并非一朝一夕的功夫。

6点10分的爱

几年前，一位刚刚毕业的女孩打电话给父母，说她要去深圳一家外企应聘，并无意提起途中会经过父母所在城市的一个小站。

那个小站在邻县，距离她父母所在城市有两个小时的车程。

列车停靠在那个小站的时间是早晨6点10分，停靠时间是十分钟。车刚刚停稳，女孩靠在窗口，隐约听到有人呼唤着她的名字，她探出窗外——朦胧的曙色中是两位老人的身影，那正是她的父母。

母亲急急忙忙把用毛巾包着的一个搪瓷缸递给她，揭开盖子，是热气腾腾的肉汤。短暂的十分钟里，父母几乎不容她说什么话，只是那样满足地、幸福地催促她一口口地喝汤：“天凉，汤冷得快，快点喝。”“多喝点！”

列车开动时，女孩父母握着那个空搪瓷缸站在月台上向女孩挥手。女孩的喉头堵着，父母的身影渐渐远去。她的泪水流了一脸。

她不知道父母是几点起床做汤的，几点开始赶路的，或许他们根本一晚都没睡。母亲有关节炎，在整个城市还睡着时，女孩不知道母亲拖着病腿，是怎样走来的，也不知道父亲一手要搀扶着母亲，一手要拎着搪瓷缸，要付出多大的努力。这一切，仅仅因为她无意间提到，自己会经过这个小站。

而女孩，本来不是去深圳应聘的。

她的男友毕业时，不辞而别去了深圳，她被这段感情痛苦地纠缠着，不明白自己对男孩那样好，为什么他却选择离开。女孩想去深圳找他，追回属于自己的爱情，为爱情讨个结果。

列车到达深圳时，女孩已经改变了主意。她不想找回这段丢失的爱情了。如果真的有爱，他不会那样不负责任地一走了之，而如果没有爱，哪怕找回来，又有什么意义呢？

回顾这段爱情，女孩想，也许并不像她想得那么重要。

真的，有什么爱比得上深夜厨房为她而起的蒸汽？有什么爱比得上夜色中为她而赶路的脚步？有什么爱比得上6点10分车站站台上的叮咛？站在南方这块完全陌生的土地上，女孩竟觉得非常踏实。

她在深圳留了下来，努力地求职，终于在一家外企有了不错的职位，也拥有了一份真正的爱情。

在写给父母的信中，她总是提起那天6点10分的汤，她说是那汤给那次应聘带来了好运和力量。

心灵加油站

人的认识，是有盲区的。当我们在为职场同事的热情帮助深深感动时，往往会冷落昔日的友情；当我们沉溺于爱情的甘美时，往往会忽略无私、深沉的亲人之爱。在这个世界上，我们接受过无数的爱，无数的帮助。我们可能会记得令自己印象深刻的、刻骨铭心的，与此同时，往往会忽略另一些人对我们默默无闻的帮助，甚至像女孩那样，忽略深深爱着自己的、无私的父母。知恩感恩，不能厚此薄彼，不能有所疏忽。我们要尽可能铭记每一份帮助、每一个恩人，回报时，也尽可能做得更加全面、周到。

心灵物语

这世上只要拥有了这两样东西，便什么都可以战胜，它们一个是爱，一个是感恩。

四十四份爱心晚报

李晓华出生在一个普通的工人家庭，从小家里就非常贫困。他的学校离家很远，因为买不起公交车票，李晓华不得不经常跑步上学。长大后，李晓华在黑龙江当过知青，返城回北京后干了几份工作，都是体力活儿，挣不了几个钱，日子过得一直很清贫。

有一年，李晓华在一个展览会上看到一款美国生产的冷饮机，认为这东西肯定能赚钱。于是他买了一台，然后到北戴河的海滩上支起机器，向游客贩卖饮料。冷饮机在当时是很新鲜的东西，海滩上的游人觉得新奇，纷纷掏出钱来买冷饮。

通过卖冷饮，李晓华赚到了自己人生的第一笔钱。他用这笔钱开了录像厅，后来又开了公司。

眼看生意做得很好，李晓华却放下了生意，到日本留学。他认为自己没上过大学，文化底子差，会影响将来的发展，必须多学些东西，好好充电。果然，知识的增长让李晓华有了更开阔的视野。

1990年，李晓华得到消息：马来西亚发现一个大型油气田，准备修一条高速公路。如果路修通了，公路两边的土地肯定会升值。这是一个大商机，李晓华用自己所有的资产做抵押，贷了一笔巨款，来到马来西亚，买下了公路两边的土地。

然而，四个多月过去了，油气田工程立项没有结果，高速公路更是连影子都没有。李晓华坐不住了，油气田不能立项，意味着他要赔进所有积蓄，背负巨额债务，可是，他什么都做不了，只能等待。

李晓华的日子越来越艰难，每个月要偿还巨额利息，他很快由亿万富翁变成亿万“负”翁，他花光了所有的钱，连最便宜的旅馆也住不起了，只好租了一间仓库暂时住着。时间一天一天过去，李晓华的信心开始动摇了，他开始怀疑自己当初的判断。现在已经没有钱付利息，哪怕油气田晚三五个月立项，自己恐怕也等不到那一天，李晓华有些绝望了。

仓库的管理员是一个老华侨，因为经常聊天，知道了李晓华的处境，对他非常同情。老人不仅免了李晓华的租金，还每天将自己订的一份晚报拿给李晓华看。

有一天，李晓华看到一则感兴趣的消息，指给老华侨看，老华侨却摊了摊手，又摇了摇头。李晓华这才知道，老人竟然不认识字，这晚报，原本就是老人给自己订的。这一刻，他心中感到十分温暖。这个世界是如此美好，哪怕是投资失败，也要好好活着，好好珍惜啊！李晓华想。

就这样，这位老人整整为李晓华订了四十四份晚报。到第四十四天，李晓华翻阅老人送来的报纸时，一条消息映入他的眼帘：油气田立项了！随后，在一周内，李晓华所买的土地，价格翻了一番，他的生活一下子由地狱回到天堂。

李晓华对老人的帮助非常感谢。投资成功后，已经成为著名企业家、拥有数亿元资产的他找到老人，给老人买了一栋高档别墅。他说："那四十四份晚报，是我一生中得到的最珍贵的帮助和关怀，就凭您的爱心，您有资格得到它。"老人将别墅的钥匙推了回去，说："谢谢你的好意，我已经习惯了现在的生活，不想去住那种地方。真正值得你报答的，也不是我，而是帮助你的这个社会呀！"

后来，李晓华一直记得老人的话，积极回报社会，经常捐款给那些需要帮助的人。因为他做出的贡献，中国红十字基金会授予了他"名誉会长"的称号。

心灵加油站

这是一个温暖的爱心故事。李晓华在事业最低谷，在情绪最低落时，老华侨无私地帮助了他，并且不要他的回报。李晓华将对老人的感恩，转化为对社会的感恩，一直坚持从事慈善事业，回报社会。爱是具有极大魔力和感染力的事情。它能够感染人，并且将这份温暖一直传递下去。我们付出了爱，帮助了别人，被帮助的人会满含感激，在有条件时帮助另外的人。每个人都多付出一点爱，这个社会将变成温暖的人间。

心灵物语

“充满感激地接受，充满敬意地给予。”阳光无私地照耀大地，万物生长；人不能自私，每个人献出一点爱，就能温暖更多人。

手术费为一杯牛奶

一个男孩家里非常贫困，为了上学，小小年纪的他，不得不挑起生活的重担，在一家公司兼职，挨家挨户地推销商品。这天，男孩的推销很不顺利。他背着沉重的商品，走街串户，敲开了无数家的门，好话说尽，却一件商品都没有推销出去。男孩感到疲惫万分，又累又饿又渴，心里甚至升起了淡淡的绝望情绪。真的就没有活路了吗？实在不行，就放弃吧，不上学了，不上学，就不用这么累了。

男孩一边胡思乱想着，一边敲开一扇门，开门的是一位美丽的年轻女子。男孩说：“大姐姐，我非常渴，能给我一杯水吗？” “没问题。”年轻女子见这个男孩稚嫩单薄的肩膀上，背着一大堆商品，知道这是个贫苦人家的孩子，为了推销赚钱，一定走了很远的路，一定不仅仅是渴，还会很饿。她对男孩笑了笑，返回屋内。再出来时，她没有给男孩拿水，而是拿来了一杯浓浓的热牛奶。

“喝点牛奶吧，既能解渴又能解饿。”年轻女子微笑着说。“谢谢大姐姐！”男孩喝了热牛奶，力气又重新回到了身上，他又感到了温暖，感到了希望。他深深地看了年轻女子一眼，转身走了。

许多年后，男孩成了一位著名的外科大夫。一位患病的妇女，因为病情严重，当地的大夫都束手无策，便被转到了那位著名的外科大夫所在的医院。外科大夫为妇女做完手术后，惊喜地发现那位妇女正是多年前，在他饥寒交迫时，热情地给过他帮助的年轻女子，当年正是那杯热牛奶使他又鼓足了信心，继续勤工俭学，这才能够完成学业。

那位妇女醒来，在得知手术成功的消息后，却没有特别高兴，她在为昂贵的手术费发愁。这时，护士微笑着将费用结算单递给她，妇女在上面看到一行字：手术费为一杯牛奶。

心灵加油站

感谢是爱的起点。每个人的成长，都不会一帆风顺，都会遇到困境。有时候，仅仅靠我们自己的力量，还不足以跌倒了，再爬起来。这时，总会有好心人过来扶起我们，鼓励我们继续前行，给我们一份温暖，一份关爱。当我们到达成功的彼岸，当我们走出了困境，一定要像外科大夫那样，不要忘记热牛奶的味道，不要忘记曾经帮助自己的人，要尽我们的最大努力去回报那些恩人，回报这个社会。

心灵物语

一个心理健康的人，应当以更人道的方式来对待和爱护动物。

女孩与丹顶鹤

徐秀娟是一个美丽的女孩。她出生在黑龙江省齐齐哈尔市，父亲是扎龙自然保护区的一名工程师，母亲也是保护区的工作人员。扎龙自然保护区主要保护的动物物种是丹顶鹤，此外还有天鹅等动物。徐秀娟从小就非常喜欢丹顶鹤，经常和父亲、母亲一起给它们喂食。

后来，她成了保护区的一名临时工，负责喂刚刚孵出来的小鹤。她工作非常细心，喜爱学习和钻研，喂养的小鹤成活率达到百分之百，人们亲切地称她为“中国第一位驯鹤姑娘”。

因为天天与丹顶鹤打交道，徐秀娟和丹顶鹤非常熟悉，丹顶鹤也喜欢这位美丽的姑娘。有一只丹顶鹤特别喜欢徐秀娟，只要一看到徐秀娟的身影，就会飞过去，跟在她身旁。有时，它会顽皮地用长长的喙扯徐秀娟的衣服，跟她做游戏，或者干脆要点吃的。因为这只丹顶鹤格外赖皮，徐秀娟称它为“赖毛子”。

有一天，赖毛子在保护区里觅食，一个隐藏在草丛中的偷猎者突然伸出手，死死抓住赖毛子的脖子，想要把它抓走。赖毛子发出的惨叫声惊动了正在附近的徐秀娟。她迅速跑过来，与偷猎者展开了搏斗，打跑了偷猎者，救下了赖毛子。赖毛子从此以后对她更亲近了。

在工作中，徐秀娟感到自己的知识严重不足，便自费到东北林业大学学习相关知识。徐秀娟家里并不富裕，拿出学费后，就再没什么钱了，徐秀娟在学校的生活费就成了问题。她只能去献血，用献血给的补贴，维持自己的学习、生活。就这样，她用一年半的时间，学完了正常情况下需要两年才能学完的课程，并且十一门功课考试，十门成绩在八十五分以上。

徐秀娟进修完毕，收到了江苏省盐城市丹顶鹤保护区的工作邀请函。盐城是丹顶鹤的主要越冬地，每年深秋，丹顶鹤就会成群结伴，从我国东北飞到这里过冬。如果在这里建一片丹顶鹤保护区，吸引一批丹顶鹤来这里长期生活，对于开展丹顶鹤保护和研究工作无疑是具有重要意义的。

徐秀娟愉快地答应到这个保护区工作。她说服父母、亲友，离开亲爱的家乡，只身南下，来到盐城安家落户。来的时候，她还带了两只白天鹅，徐秀娟叫它们黎明和牧仁。

白天鹅黎明和牧仁早出晚归，一般非常有规律，然而，忽然有一天，它们玩得兴起，没有回来。徐秀娟担心它们遇到危险，就和保护区的同事一起，在附近苦苦寻找。到了晚上，牧仁找回来了，黎明却依然不见踪影，徐秀娟更急了，发疯似的在山里、在滩涂中苦苦寻找，就这样，又找了一天。

没有找到黎明，徐秀娟满身疲惫，刚刚回到鹤场，一位老乡说，他在西边听到了白天鹅的叫声。徐秀娟立即沿着那个方向找去。结果在涉水过河时，她不幸陷到了沼泽里，再也没有爬上来。徐秀娟牺牲时，只有二十三岁。

徐秀娟的遗体被安葬在保护区的滩涂上。白天鹅黎明和牧仁大概知道自己做错了，从那以后，它们很少再夜不归宿。它们经常在徐秀娟坟墓旁边徘徊，经常在那里鸣叫，像是诉说着它们的思念……

远在齐齐哈尔扎龙自然保护区的赖毛子，在徐秀娟牺牲后，突然不再吃食，经常冲着南方悲鸣，没有多久就死了。

心灵加油站

每一个物种都有其生存的权利，都是大自然的子孙，不分大小强弱，数量多寡，它们在生物学上的意义和价值都是同等的。人类没有权利和理由以不平等之心去对待其他物种，虐待甚至杀害它们，以满足自己贪婪的私欲。很多人觉得动物就是低人一等，这种“人类优先”的物种歧视观念根深蒂固，它不但影响着动物的生存，还影响着人类的发展。爱护动物，善待动物，尊重它们的生命，人与动物和谐发展，是我们应尽的职责。

心灵物语

母爱是永恒的，不管风雨如何剥蚀，它总是完美无损、永不褪色；母爱是执着的，不管命运如何苦涩，它总是掏心吐哺、从不打折。

只有母亲走的小路

有一个七岁的男孩，父亲早早地离开了人世，只留下他和母亲相依为命。

有一天，男孩忽然感觉全身没力气。母亲以为男孩得了感冒，没有太重视，找来村里的医生看了看，开了点药。谁知几天过去了，男孩的症状不仅没有丝毫改善，反而更加严重，后来甚至都动不了，已经无法起床了。

母亲急了，背着男孩到镇上去看病。镇里的医生说这种病镇医院根本治不了，劝他们赶紧去市里的大医院。

“这是一种非常罕见的病，全世界都很少见，我也是几年前遇到过一个这样的病例，才查阅了相关资料，”市医院进行了专家会诊，一位白发苍苍的老医生说，“这种病，目前全世界都还没有治愈的办法。真的非常抱歉。”

听了医生的话，母亲当时就流泪了。“我不相信这病就真治不好了，市里治不好，北京、上海的医生总有办法吧！”母亲跟邻里亲友借了钱，带着男孩到北京、上海的大医院去看病，然而，大医院的说法和市医院的一样，都说这病没办法治，他们建议母亲放弃，不要浪费钱了。

母亲见确实没有办法，只好带着孩子回到了村里。

不过，母亲还是没有彻底放弃。有一天下雨，母亲不能到田里干活儿，就坐车来到市医院，去找当时给孩子看病的那位老专家。

母亲抱着一线希望，上前主动做了自我介绍，问老专家：“这种病现在有法子治了吗？”毕竟是极特殊的病例，老专家对母亲和孩子还有些印象。他说：“西医还没有找到办法，我只听说有位老中医，前段时间治好了一位这样的病人。不过，我没核实过是真是假。”

母亲问清楚了那位老中医的具体地址，第二天就带着男孩赶了过去。老中医确实治好过这种病例。他仔细为男孩进行了诊断，然后开了几服中药。男孩服过药后，病情果然有些好转，手指可以活动了。母亲非常高兴。

老中医的药很贵，为了抓药，母亲变卖了家里所有能变卖的东西。她每天上山砍柴，挑到镇上卖些钱，维持母子二人的生活。

渐渐地，男孩能够坐起来了。透过窗户，男孩发现，每次吃过药，母亲都要把剩下的药渣倒在门前的路上，路过的行人踩来踩去，将药渣踩得稀烂。

母亲回来了，男孩问她：“为什么您把药渣倒在路上呢？”母亲说：“老一辈人都说，路人踩了你的药渣，就会把你的病气带走了，这样你就会好得快些。”

男孩摇了摇头，说：“妈妈，您怎么能这样做呢？为了治好我的病，就要把病带给别人，这多不好啊！您别再往门前倒药渣了好吗？”妈妈慈爱地点了点头，说：“宝贝真善良，妈妈都听你的。”

此后，男孩果然没有发现母亲再在门前的路上倒药渣，他非常高兴，心想，母亲果然是明事理的人。

有一天，男孩发现自己能够站起来了，他跌跌撞撞地走向后门，想把这个消息告诉母亲。推开门，是一条通向山里的小路，只见路面铺满一层稠厚稀烂的东西，是药渣。男孩家在村边，那条路没有别人走，只有母亲每天砍柴时经过。

心灵加油站

母爱是人世间最伟大的爱。文中的母亲为了让孩子好起来，不惜将药渣倒在路上，自己去踩，希望将病魔从孩子身上转到自己身上。汶川大地震，当房子无情地倒塌时，另一位年轻母亲用自己单薄的身躯为幼小的孩子阻挡住了巨大的砖块，并在自己仍有一口气、一丝力的时候，给了孩子延续生命的乳头，最终，孩子得救了，母亲却失去了生命。母爱是这个世界上最无私的爱，甚至在母亲眼中，只有孩子，没有自己，为了孩子，母亲可以毫不犹豫地献出自己的生命。

心灵物语

动物是人类亲密的朋友，人类是动物可信赖的伙伴。给它们一点爱，我们唯一的家园——地球，才更美好。保护野生动物，就是关爱人类自己。

猴王与护林员

杨周是云南腾冲一个自然保护区的护林员，工作任务就是定期巡视山林。

有一天，杨周正在一条阴暗的沟谷中穿行，突然地面传来“咔”的一声，他的脚不知道被什么东西死死“咬”住了，刺骨的疼痛随即传来。杨周低头一看，原来是一个捕兽器，显然，这是盗猎者安放的，想要偷偷捕杀猎物，结果却夹住了杨周的脚。

这种捕兽器由精钢打造，一头用铁链固定在石头上，非常结实，一旦被夹住，没有他人帮助，很难挣脱。

杨周只能高喊：“救命！”喊了几声，他听到沙沙的声音由远到近传来，杨周向声音发出的方向望去，这一望，只吓得他魂飞魄散——来的不是人，而是一只猞猁。

猞猁是一种猫科动物，不了解情况的人，都将它与野猫并列，其实，猞猁只比虎豹小些，非常凶猛。这只猞猁加上尾巴，身长足有两米多，简直就是一头小豹子！

这只猞猁丝毫没有逃避的意思，绿莹莹的眼睛盯了他一会儿后，竟慢慢向前凑过来。这时，杨周看到了这只猞猁头上有一道伤疤，他的心顿时凉了半截。

一般的野兽都是怕人的，见到人会远远躲开，可有些受到过人类攻击的野兽，对人类非常仇视，往往会主动攻击人类。这只猞猁头上有疤，显然是被人类打伤过。

猞猁显然看出了杨周的虚弱和窘迫。杨周的伤口不断流出的血，更是刺激着它的凶性，它慢慢靠近杨周。

突然，猞猁咆哮一声，扑到杨周的近前，张开大嘴，闪电般地在他的大腿上咬下了一块肉！还没等他反应过来，猞猁已经转身跳开了。杨周疼得几乎快要昏了，可又不敢大喊大叫，因为那会更加刺激它疯狂的攻击性。他拼命往后爬，可被铁链子死死拖住了，很明显他已身陷绝境！

危急关头，十几只灰叶猴围了上来。猛兽进食都不喜欢被围观，猞猁对着猴子们"嗷嗷"地叫起来。本来灰叶猴非常怕猞猁，因为那是它们的天敌之一，可这群猴子却并没逃走，反而也向猞猁示威。杨周看出来了，有一只个头明显大的猴王在指挥！

猞猁气急败坏地扑向近前的几只猴子，看样子要大开杀戒了！那几只猴子似乎早有防备，霎时间便四散奔逃，猞猁不肯罢休，一口气追出去老远。

猞猁见逮不着猴子，又朝杨周跑来，还没等它到跟前，躲在附近的猴王和另外一些灰叶猴又龇牙咧嘴地迎了上去。猞猁张牙舞爪一番，以为能把猴子们吓跑。可灰叶猴们似乎都吃了豹子胆，在猴王的带领下，突然齐心协力向它猛扑过去！

灰叶猴虽不是猛兽，但各个很勇敢，因为争夺领地，经常发生大的群体性争斗，所以“实战经验”十分丰富。因此仗着“猴多势众”，围住猞猁一通猛攻。

猞猁受到攻击，闪电般挥舞粗壮有力的前爪，凌空扑下，把几只灰叶猴击倒在地，看来这家伙发疯了！群猴只得从杨周身边跑开藏起来。猞猁则转身，恶狠狠地向杨周逼过来。

紧要关头，只见猴王尖啸一声，连蹦带跳地追向猞猁，它的速度快得出奇，很快追到猞猁身后！别的猴见状也都呼啸而至！猞猁感觉到危险，转过身，与猴群对峙起来。

又僵持了一会儿，猴王突然离开了，但很快返回，爪子里抓着一根粗树枝。它爬上树，把树枝扔在杨周跟前。杨周接过一看，正好可以当武器，立刻拿在手中。

与猴群对峙了一会儿，狰狞的猞猁似乎觉得这些猴子比较难缠，不是短时间能够解决的，决定先解决杨周，又转过身，恶狠狠地向杨周扑来。杨周手上有了武器，立时冷静下来，面对纵身扑来的猞猁，他突然用那满含汁液的树枝断面迎着它的嘴一捅！

这下捅个正着，猞猁痛得一哆嗦，后面的猴群又叫着往上冲，它没敢继续进攻。

片刻后，猞猁竟然惨叫起来，原地打转，甩头乱吐，随即便逃进了附近的灌木丛里！

原来，猴王非常聪明，递给杨周的树枝，竟然是箭毒木。这种树的汁液有剧毒，猎人们常用它来做箭，刺入野兽身上，轻者能让野兽疼痛不止，重的，能让野兽当场毙命！

彻底脱离了危险，杨周这才仔细端详起猴王来，他发觉猴王有些面熟。由于没有彻底脱离危险，他也来不及细想，抓起石块，砸断了铁链，咬紧牙关蹒跚地返回管护站。猴王带着手下跟随了很远，看他快到管护站才撤走。杨周一路因失血昏昏沉沉，到达管护站后，马上被同事送往医院。

伤好后，杨周仔细回想，突然茅塞顿开。原来两年前，杨周和几名同事在山上截获一个盗猎小团伙，救出了十几只动物，其中有一只刚出生不久的灰叶猴，它的妈妈已经被杀害。杨周主动承担了喂养它的任务，对它悉心照料，无微不至。这只小公猴慢慢长大，竟把他当成了亲人，特别依恋。

但猴子总得回归自然的，杨周最后还是将它带到深山中放生。可它怎么也不肯走，好不容易撵走了，又几次跑回来。最后没有办法，杨周只能装作对它大发雷霆，它才没再回来，不过在杨周巡山时它曾多次尾随跟踪，后来大概加入了新猴群，才慢慢少见了。杨周几次想起它还掉过泪。

没想到它果然非比寻常，依靠自己的体

力和智慧，竟然当上了猴王！当了猴王，它仍没忘杨周的恩情，关键时刻率众猴赶到，救了杨周，而那只猞猁，后来杨周抓获了一个盗猎者，才了解到，它的几个孩子被盗猎者杀死了，于是，它开始憎恨并攻击人类。

心灵加油站

猞猁因为受人伤害仇视人类，猴王因为受人关爱救人性命。我们怎么样对待动物，动物就怎样对待我们。动物是人类在这个世界上为数不多的朋友，没有它们，人类会非常孤独，甚至无法生存。我们要放下“人类优先”“动物低级”的错误观念，善待动物，爱护动物。同时，我们也要感恩自然，保护自然，与自然和谐相处。

心灵物语

在母爱的力量下，无数的“不可能”都被打破，无数的奇迹被创造出来。因为，母爱的力量是无穷的。

“暴走妈妈”

2009年，武汉市江岸区谌家矶的大坝上。5点钟，天还没亮，大部分的人还沉浸在梦乡之中。

一个瘦小的女人出现在了堤坝上。她的步伐虽然不大，但频率极快，就像是上了发条的玩具一样快步疾走。在堤坝上晨练的人很快就被她甩在了后面，有人开玩笑般地喊：“怎么减肥还那么带劲儿？”但是，她似乎没听见后面传来的喊声，继续快步疾走。

这个女人叫陈玉蓉，她在堤坝上坚持锻炼已经有好几个月了。但是，她并不是为了减肥，而是为了拯救自己的儿子。

陈玉蓉的儿子叫叶海斌，这一年他三十一岁。十三岁那年，叶海斌被查出患有“肝豆状核病变”，肝脏功能出现严重问题，甚至可能危及生命。

2005年，叶海斌在晚上睡觉的时候忽然吐血。医生说，唯一的办法是接受肝移植，但是医药费需要近三十万元。陈玉蓉没有办法，只能让儿子先接受保守治疗。后来，叶海斌的病情开始好转，还找了工作，并结婚生子。

好景不长，2008年底，叶海斌在出差的时候再次发病。虽然经过抢救，叶海斌的病情趋于稳定，但医生也告诉陈玉蓉：不能再拖了。于是，陈玉蓉下定决心，准备把自己的肝捐给儿子。

可是，在经过检查之后，医生告诉陈玉蓉：叶海斌患有丙肝，而陈玉蓉有严重的脂肪肝。如果一定要做移植手术，不仅叶海斌的病不会好转，陈玉蓉的身体也会垮掉。无奈，手术只好取消。

陈玉蓉的老伴和儿媳都提出捐肝，但是都被陈玉蓉给否决了。她说，老伴是家里的支柱，儿媳要照顾幼小的孙女，身体垮了，将来怎么办？这时，医生告诉她，如果她减肥成功的话，脂肪肝可能会在一定程度上消除。于是，陈玉蓉暗中下了决心，要迅速地减肥，让自己的脂肪肝消失。

陈玉蓉为自己定下了计划：从堤坝的起点到终点正好五公里，每天早上走一次，晚上走一次；平时不能吃太多的食物，只吃半个拳头大的米饭团加上一点只用水煮的青菜，实在撑不住了就吃一片饼干。

早上，她5点就要出门，运动回来继续照顾儿子；晚上，因为堤坝上没有夜灯，她必须早点出去早点回来。

她的老伴在油船上工作，是一家人的经济支柱。她对老伴从来都是报喜不报忧，生怕老伴会因为担心而耽误工作。只有一次，老伴接到陈玉蓉的电话，她说自己“两眼一抹黑，走不回去了”。后来，陈玉蓉在堤坝上坐了很久，才勉强摸索着回到家中。

陈玉蓉足足坚持走了七个月。她的鞋磨破了四双，脚上已经刮掉了不知多少层茧子。这一年的9月，陈玉蓉觉得是时候去医院检验一下自己的成果了。

当检查结果出来的时候，大家都惊呆了。陈玉蓉的体重从六十八公斤降到了六十公斤，而她的脂肪肝几乎完全消失了！医生大为震惊，因为这是他们第一次见到一个重度脂肪肝病人这么快就能消除脂肪肝。医生说：“这简直是个奇迹。”

这一年的11月，陈玉蓉和儿子被一起推进手术室。手术进行得十分顺利，现在，她的儿子已经恢复健康，重新工作了。

心灵加油站

2009年度感动中国人物评选组委会授予陈玉蓉这样一段颁奖词：这是一场命运的马拉松。她忍住饥饿和疲倦，不敢停住脚步。上苍用疾病考验人类的亲情，她就舍出血肉，付出艰辛，守住信心。她是母亲，她一定要赢，她的脚步为人们丈量出一份伟大的亲情。一个医学奇迹算什么？在母爱的力量下，无数的“不可能”都被打破，无数的奇迹被创造出来。因为，母爱的力量是无穷的。

心灵物语

亲情是最持久的动力，给予我们无私的帮助和依靠；亲情是最可贵的依赖，让我们可以背脊相靠，性命相托。

罗摩兄弟互相让位

在古印度的史诗《罗摩衍那》中，记载了这么一个故事：

古印度阿逾陀城的国王十车王娶了三个王后，生下了四个儿子。这四个儿子都是大神毗湿奴的化身，各个有勇有谋，而且品德高尚。

有一天，十车王面前忽然出现了几位仙人。仙人们说，你的儿子们有勇有谋，请让他们去平定妖魔，让世间恢复和平。儿子罗摩答应了仙人的要求，除掉了妖魔。罗摩还在路上与一位叫悉多的公主结了婚。

这次出征，罗摩立下了许多功劳，被百姓们所拥戴。十车王见儿子已经成长为一位英雄，就想将王位传给罗摩，而罗摩的兄弟们也十分尊敬他，都表示要全力支持兄长。

随着时间的流逝，十车王渐渐老去了。十车王希望在自己有生之年看到罗摩带领国家走向强盛，于是就准备将王位让给罗摩。

可是在这时，十车王的第二个王后却找到十车王，并对他说："请您遵照当初的约定，流放罗摩十四年，并让我的儿子婆罗多继承王位。"大臣们听到了这个要求，都感到十分震惊，心想：她怎么能提出这么过分的要求？国王一定不会答应她的。

看着惊讶的十车王，二王后又对他说："您忘了吗？在我嫁到这里的时候，您曾当众对我说要满足我一个愿望。现在，是您履行承诺的时候了。"

这时，大臣们才渐渐地想起来，十车王的确曾在婚礼上答应过二王后，要满足她的一个愿望，无论什么样的愿望都可以。十车王身为一国之君，如果不能言出必行，又怎么让国民信服呢？

十车王气得晕了过去。他醒来之后，马上派人将罗摩叫到身边，与他商量对策。罗摩却说："为了您的威信，我愿意做任何事情，哪怕是死我也绝不犹豫。请您流放我吧。我相信我的弟弟一定能治理好这个国家。"说完，罗摩就收拾行装，准备踏上流放之路。

罗摩的二弟罗什曼那是一个急性子，当他听到罗摩即将被流放的消息时，十分生气，准备直接去找二王后理论，但是罗摩却告诉他："父王这么做也是没有办法。请你冷静下来，辅佐我们的弟弟婆罗多，一同治理这个国家吧！"

罗什曼那哭着说："兄长，我不相信除了你之外还有谁能治理好这个国家。既然你要被流放，那就请让我跟随你，一同走上流放之路吧！"罗摩见弟弟心意已决，就答应了他。罗摩的妻子悉多也跟随着丈夫，一同离开了王国。十车王本就年老体弱，在儿子离开之后没过几天，就悲伤地离开了人世。

当时，婆罗多正在带兵巡逻边境。一开始，他听到兄长罗摩即将即位的消息，感到十分高兴，于是准备好礼物，向王宫进发，但是当他到达王宫的时候，他惊讶地发现自己的母亲竟然站在王座的旁边。

婆罗多向母亲了解了事情的来龙去脉之后，十分愤怒地对母亲说："罗摩是我的兄长，也是最应该继承这个国家王位的人，这件事永远不会变。"于是，他下令暂停加冕仪式，并在第二天一早就带兵出发，很快就追上了罗摩一行人。

急性子的罗什曼那看到婆罗多带兵追来，以为他要杀死他们兄弟二人，就拿起弓箭要与婆罗多决一死战。罗摩却呵斥道："你还不知道事情的来龙去脉，这么急着怀疑自己的兄弟做什么！如果他这么想要王位，就给他好了！把弓箭放下，让我们一起去见他。"

婆罗多一见到罗摩就跪倒在地，哭着对他说了十车王已经过世的消息，请求他回去登上王位，治理国家。罗摩听到这个消息，痛哭不止，甚至晕倒在地，过了很久才醒过来。

罗摩擦干眼泪，对婆罗多说："我为了父王的威信，才自愿选择被流放。现在父王刚死，我又怎能违背父王的命令呢？请你也遵守父王的命令，好好地治理这个国家吧！"

无论婆罗多怎么劝说，罗摩就是不答应。婆罗多没有办法，于是对罗摩请求道："那么，请兄长留下一件信物吧。我会将它供奉在王位上，告诉人们这个国家的国王是我的兄长，我只是代为执政。”罗摩答应了他，并脱下自己的鞋子交给了婆罗多，自己则继续踏上流放的旅程。

在历经了十四年的流放之后，罗摩回到了故乡，而婆罗多也依照当初的约定，将王位还给了他。

心灵加油站

有爱心有德行的人，哪怕兄弟做了什么对不起他的事情，他也不会因此而愤怒，而是一如既往地亲近他爱他。罗摩的王位被夺走，并被迫远离故乡，但是，他没有怨恨弟弟，而是一如既往地信任他。婆罗多面对权力的诱惑毫不动摇，信守承诺十四年，直到兄长归来。古往今来，有多少人因为权力而骨肉相残，却很少有人为亲情而放弃权力。罗摩兄弟互敬互爱、互相让位的高尚行为，值得所有人学习。

心灵物语

能挑出千里马的伯乐必然是爱马的人，善于发现人才的伯乐必然是爱惜人才的人。

穆律罗的宽容与骄傲

穆律罗是十七世纪西班牙最有名的画家和贵族，在当时西班牙上层社会具有很高的声望。

穆律罗家境富裕，有很多奴仆。在他众多的奴仆中，有一个名叫塞伯斯蒂的青年人对绘画有着无与伦比的天赋。每当穆律罗给学生上课时，塞伯斯蒂就以照顾主人为借口，偷偷地站在一旁细心观摩，或者躲在门后静静地观看和聆听。回到自己的住处，塞伯斯蒂会用草根木棍当画笔，在沙地上练习绘画。

渐渐地，塞伯斯蒂不再满足于在沙地上作画，毕竟，这与真正的油画创作差别是非常大的。他是多么渴望像穆律罗大师和他的学生那样，拿着画笔在油画布上画一幅真正的作品啊！

这天晚上，塞伯斯蒂打扫画室时，看到画室空无一人，心中那个真正画一幅油画的念头不停地浮现：画一幅吧，就只画一幅！于是，他拿起画笔，在画布上画出了第一幅画。毕竟是第一幅作品，塞伯斯蒂很不满意，但他还是欣赏了好一会儿，这才将自己的画抹掉。然后，偷偷地溜回了住处。

第二天午夜，塞伯斯蒂经过反复的思想斗争，还是没有经受住画画的诱惑，偷偷跑到画室画起画来。就这样，塞伯斯蒂经常夜间画画。穆律罗白天到画室时，也发现过画布上有作过画的痕迹，他以为是学生们在练习，没有特别在意。

这天深夜，塞伯斯蒂干完活儿，又来到了画室，他兴奋地说：“这三个小时是属于我的！”于是，他拿起画笔开始了创作。他画得太入迷了，以至忘记了时间。当他画完最后一笔，转过头时，惊骇地发现，穆律罗竟然已经站在了自己身后，他的旁边还站着学生，学生已经来到画室准备上课了！原来不知不觉，他竟然从午夜画到了清晨，天早已经亮了！

“对不起先生，我有错！”塞伯斯蒂慌忙跪下，请求穆律罗原谅。当时的西班牙等级森严，奴仆们是不配学画作画的。这样违反规定，穆律罗甚至可以将他处死！穆律罗没有说什么，而是让塞伯斯蒂退下，自己开始给学生们上课。

因为有学生和其他人在场，这件事还是传扬出去了，贵族们纷纷劝穆律罗处死塞伯斯蒂，他们认为这个青年

破坏了应有的规矩。穆律罗却很坚定地摇了摇头，他不仅没有处分塞伯斯蒂，相反给了他自由，并收他当了学生，自己亲自教他画画。对此，贵族们很不理解，他们认为穆律罗这是自降身份，乱了正常的阶级秩序，有的人甚至拒绝再与他交往，也不再买他的画。

穆律罗将这一切压力都默默地承担了下来。“别担心，好好画！”穆律罗安慰仍处于惊恐状态的塞伯斯蒂，并亲自指导他加强绘画基本功训练，进行艺术创作。在穆律罗的指导下，塞伯斯蒂的天赋得到充分发挥，绘画水平进步极快。

后来，塞伯斯蒂也成了著名画家。他的作品直到现在，仍和老师穆律罗的作品一道，并列挂在意大利和西班牙最著名的博物馆里。

心灵加油站

今天的人无法想象，十七世纪的欧洲阶级等级是如何森严，仆人地位是多么低下，观念和风气是多么顽固守旧。塞伯斯蒂是一个绘画天才，但卑微的出身决定了他不可能在画画方面取得任何成就。幸运的是，他遇到了爱才、惜才的主人穆律罗。穆律罗不仅没有处分塞伯斯蒂，反而收他为学生，在当时面临着巨大的压力，他甚至有可能因此身败名裂，然而，穆律罗在如此艰难的情况下，依旧顶住压力，坚持教塞伯斯蒂绘画。穆律罗的选择，体现了一名导师的爱才、惜才，也体现了一名艺术家的道德和良知。

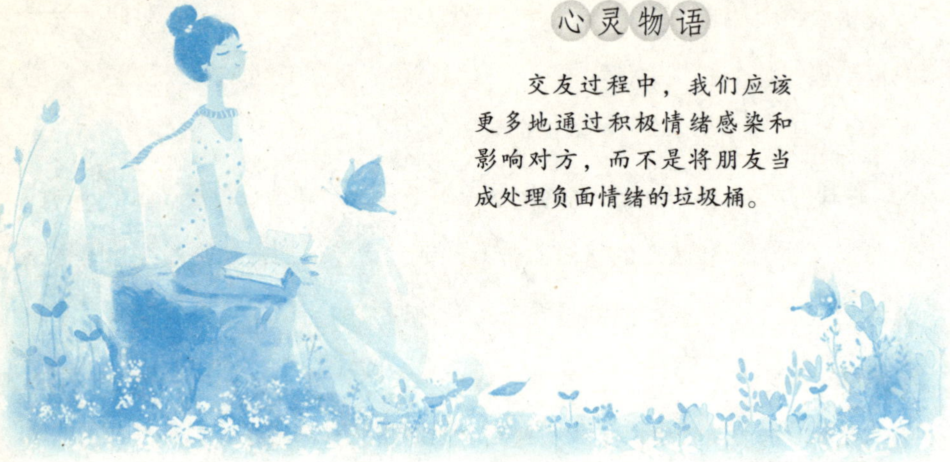

心灵物语

交友过程中，我们应该更多地通过积极情绪感染和影响对方，而不是将朋友当成处理负面情绪的垃圾桶。

卢梭以德报怨

卢梭二十二岁那年，遭遇了他人生中最刻骨铭心的一件事——他被女友艾丽尔狠狠地羞辱并抛弃了。

卢梭与女友艾丽尔订婚当天，艾丽尔竟然拉着另一位小伙子的手说："对不起，我只有和他一起生活才会幸福。"丝毫没有心理准备的卢梭遭遇晴天霹雳，愣在那里好久都没有说出话来，只是呆呆地望着艾丽尔和那小伙子远去。

卢梭的家乡并不大，人也不算多，没几天，卢梭在订婚典礼上被未婚妻抛弃的事情便传开了。

卢梭承受了人们各种各样的目光。他走到哪里，都有人对他指指点点，然后悄声议论。

终于，卢梭实在忍受不住舆论的压力，离开家乡前往德国，后来又到了法国。经历过挫折的卢梭变得沉稳勤奋，他埋头读书，并开始写作，成为著名的文学家和思想家，写出了《忏悔录》《社会契约论》《爱弥儿》等一系列著作，在欧洲引起了巨大的反响。

三十年后，功成名就的卢梭回到了自己的家乡。听到卢梭回来的消息，一位老朋友过来看他，说："你还记得艾丽尔吗？"卢梭微笑着说："当然记得，她差一点做了我的新娘。"语气满是轻松，没有丝毫的怨恨。那朋友依然愤愤不平，说："当年她可是给你带来莫大的污辱，但是，上天是公平的，上帝也惩罚了她。这些年，她的日子很不好过，全靠亲戚朋友接济才能活下去。"

出乎朋友的意料，卢梭并没有因为艾丽尔处境凄惨而高兴，相反，他很关切地说："我很难过，上帝不应该惩罚她。我这里还有一些钱，请你转交给她。哦，对了，请你不要告诉她这钱是我给她的，不然，她接受起来会很不舒服。"

朋友很惊讶，说："她那样对你，你还要给她钱？难道，你对她一点怨恨都没有吗？"

卢梭叹了口气，说："如果有怨恨，那也是三十年以前的事，如果这些年我一直对她怀

有怨恨，那我自己岂不是在怨恨中生活了三十年，那对我有什么好处呢？这就像我提着一袋死老鼠去见你，那一路上闻着臭味的难道不是我吗？怨恨就是一袋死老鼠，最好把它丢得远远的，”说完，卢梭从提包里拿出一些钱来，递给朋友，然后说，“希望这些钱能帮助她摆脱困境，生活得好一点。”

心灵加油站

订婚之日被当众抛弃，这对于任何一个人来说都是奇耻大辱。历史上曾经发生过不少这样的事情，那些被抛弃和伤害的人往往都选择记住仇恨，从此视对方为陌路。更有甚者，他们想方设法报复对方，演绎了一幕又一幕害人害己的悲剧。卢梭没有这样做，他选择了宽容，而不是怨恨。背负怨恨是相当沉重的，怀恨在心，可能伤害别人，但积聚在心中的怨恨，一定会先伤害自己。卢梭以德报怨的行为让人感动。

心灵物语

忠言逆耳利于行，良药苦口利于病。忠言和良药背后，是无微不至的关心和深深的爱。

前辈的教导

18世纪，美国出现了一位非常伟大和出色的人物，他的名字叫本杰明·富兰克林。有评价说他是那个时代仅次于华盛顿的名人。他不仅是著名的政治家、科学家、外交家、发明家、出版家、记者、作家，还是美利坚合众国的缔造者之一、美国独立运动的先驱、《独立宣言》的起草者，同时他还是唯一签署美国三项最重要法律文件的建国先贤。他没有显赫的家世，没有富裕的生活，仅仅靠自己对宗教的虔诚、对教育的重视，以及不屈的奋斗获得了在各个领域的成功。美国人对本杰明·富兰克林是如此的崇拜和着迷，甚至将他的头像印在最高面额一百美元的纸币上，他的形象已深入每一个美国人的心。

但年轻时的本杰明·富兰克林却是一个心高气傲、目空一切的人。与人碰面的时候，他从不主动和对方打招呼，甚至走路时也把头抬得高高的，摆出一副趾高气扬的样子。

有一次，富兰克林去拜访一位知识渊博的教授，他抬头挺胸大步流星地刚要进门，“嘭”的一声，他的头被低矮的门框狠狠撞了一下，额头立即青肿了一大块，疼得他一边不停地用手揉搓，一边莫名其妙地看着比他身高矮一大截的门框。

这时，教授从屋里走出来迎接他，看到富兰克林这副狼狈模样，意味深长地说：“年轻人，很痛吧！可是你知道吗？这将是你今天来访我的最大收获！”

接着，教授又寓意深刻地说：“趾高气扬体现在许多无知的年轻人身上。他们刚刚迈进社会，血气方刚，没有经历风雨，一副天不怕地不怕的样子，有时候难免把自己评价得过高。直到有一天，他狠狠地撞到了矮矮的门框上，才知道因为自己把头抬得过高而遭受到了重创，其实事情并非如自己想象的那样。很简单，要想穿过一扇门，就得首先让自己的头低过门框；而学术生活也是一样，要想登上山峰之巅，就得让自己先学会低头弯腰。”

这一番话令富兰克林

幡然醒悟。此后，他把老前辈对自己的教导铭记在心，并将谦虚列为他一生要遵循的美德之一。

关于美德，富兰克林曾在他的自传里写道："我的目标是养成所有美德的习惯。最好还是在一个时期内集中精力掌握其中的一种美德。当我掌握了一种美德后，接着就开始注意另外一种，这样下去，直到我掌握了全部为止。因为先获得的一些美德可以方便其他美德的培养。"

心灵加油站

每个人的成长，都离不开师长的关爱与指导、亲友的劝告与帮助。纵观中国历史，凡是成就突出的人，大都勇于接受批评意见，能够吸取众人的智慧，避免自己的失误，从而成就非凡的事业。这些给我们提出真知灼见的师长亲友，出发点是为我们好，对我们真心关爱。他们的忠言可能逆耳，他们的药方可能苦口，他们的忠告可能隐藏在唠叨和啰嗦里面，但我们一定要理解他们的良苦用心，只要他们的批评和建议是善意的，我们就要勇于接受。

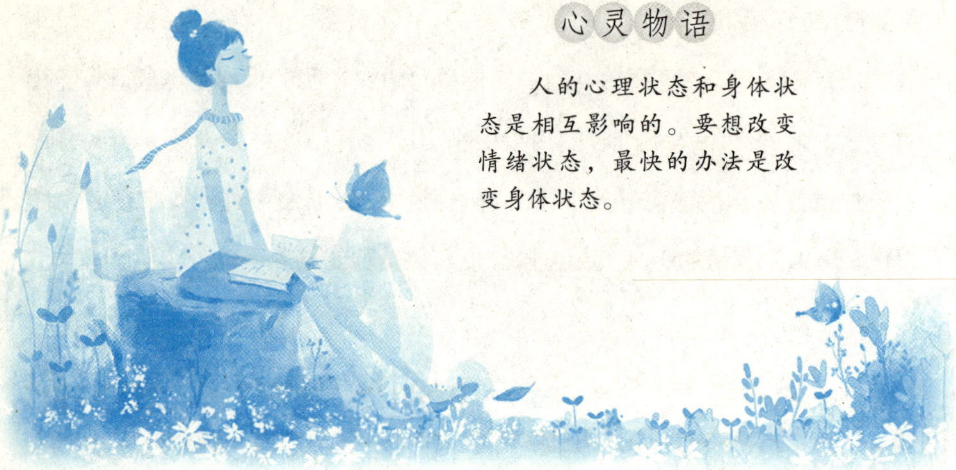

心灵物语

人的心理状态和身体状态是相互影响的。要想改变情绪状态，最快的办法是改变身体状态。

林肯与班普的故事

曾任美国总统的林肯从小家境贫寒，他读过几天书，早早地就去当了一名伐木工人，帮着父亲养家糊口。

林肯每伐一棵树，就在上面写一个“A”字，这是他名字的第一个字母，意思是此树是林肯伐下的。哪想，有一天，他发现自己砍下的木材上，竟被别人写下了一个“H”。这是盗取自己的劳动成果啊！林肯气鼓鼓地回家，并将这件事情跟继母说了。

继母是一位善良温和的女性。听完林肯的倾诉，她说：“我给你讲一个故事吧！”

继母说：“从前在一片大森林里，生活着一个叫班普的猎人。班普狩猎很有经验，他总是能够将捕兽器放在野兽经常出没的地方，因此每天都能收获猎物。这天，班普去查看捕兽器时，发现自己设的一个捕兽器上有一些动物皮毛，猎物却不见了踪影，显然，捕到的猎物被别人盗走了。班普很生气，决定找这个偷猎物的贼理论一番。

“此后的几天，班普经常隐蔽在捕兽器附近，希望抓到那个家伙。这天，他终于发现了这个贼—— 一个全身装饰着野鸡毛的印第安人。班普冲上前去，用手势告诉他：‘这是我放置的捕兽器，你不能拿走猎物。’那印第安人摇头，也比画着说：‘这是我的地盘，你怎么可以在这里放捕兽器呢？’两个人语言不通，四只手比画来比画去，怎么也说不明白，却又觉得非常滑稽。终于，两个人再也忍不住，哈哈大笑起来。这一笑，彼此的敌意全消了。班普很大方地将那个捕兽器送给了印第安人，并教会了他使用的办法。

“有一天，班普在山上狩猎时，遇到了狼群。他慌不择路，跑上了一条绝路——前面是一个上百米深的悬崖。跳崖总比被狼群吃掉好！班普咬着牙，纵身跳了下去。当他醒来的时候，发现自己躺在那个印第安人的帐篷里。印第安人正在给他上草药。随后的一段时间，印第安人一直照顾班普，给他换药，喂他吃东西。印第安人付出的，不知道比他从捕兽器中拿走的多多少。伤好之后，他们成了好朋友，一起生活，一起狩猎……”

继母讲完故事，林肯说：“谢谢妈妈，我知道应该怎么做了。”林肯牢牢记住了母亲的教导。宽容的美德伴随了他的一生，并为他赢得了无数的朋友。

1860年，林肯参加美国总统竞选，在参议院演讲时，他遭到了一个参议员的羞辱。那参议员说：“林肯先生，在你开始演讲之前，我希望你记住自己是个鞋匠的儿子。”

林肯没有生气，而是诚恳地说：“我非常感谢你使我记起了我的父亲，他已经过世了，我一定记住你的忠告，我知道我做总统无法像我父亲做鞋匠那样做得好。”他直视着那个傲慢的参议员，说：“据我所知，我的父亲以前也为你的家人做过鞋子，如果你的鞋子不合脚，我可以帮你改善它。虽然我不是伟大的鞋匠，但我从小就跟我的父亲学会了做鞋子的技术。”然后，他又环顾会场，对所有的参议员说：“对参议院的任何人都一样，如果你们穿的那双鞋是我父亲做的，而它们需要修理或改善，我一定尽可能地帮忙。”

一片短暂的寂静之后，参议院内响起雷鸣般的掌声。那个嘲笑林肯的参议员羞愧得无地自容。后来，有人问林肯：“您为什么要试图和他们成为朋友呢？你应该想办法去打击、消灭他们才对啊！”“当我们成为朋友时，难道我不是在消灭政敌吗？”林肯微笑着说。

心灵加油站

林肯宽容、诚恳对待攻击自己的人，感动了他的政敌，也感动了我们。生活里多一点宽容，生命就会多一份空间和爱心，生活也就会多一份温暖和阳光，而真诚是一种不加掩饰的透明，是一种没有面具、没有虚伪的坦露。真诚是一种优雅，一种美好，一种成熟。宽容对人、待人以诚，我们才能获得真正的理解，真正的友谊，真正的信赖。

心灵物语

大爱无疆，有一种精神叫作舍生忘死、舍己为人。即使在这个浮躁的社会，也还是有人坚持人的道德美，他们是社会的脊梁，是真正的英雄。

不倒的心碑

1870年3月17日夜，“诺曼底号”轮船正由南安普敦开往斯恩西岛，谁也没有想到，一场可怕的灾难正在悄悄地逼近。

这一夜，海上大雾弥漫，能见度只有十几米。从傍晚到凌晨，船长阿尔威一直没敢离开自己的位置，也没敢合眼，指挥着水手们谨慎地航行着。乘客们并不了解情况，在各自的舱室里酣然熟睡。

大约凌晨2点的时候，悲剧发生了。

阿尔威突然发现左前方有一艘轮船，急忙对舵手大喊：“快转舵！快转舵！”舵手也是刚刚发现旁边的轮船，急忙转舵。

但一切都晚了。海上的雾实在太大了，正在旁边航行的“玛丽号”货轮根本没有发现“诺曼底号”轮船，笔直地向它撞来。待到双方船员发现彼此时，距离已经太近，想掉头转向根本来不及。只听“咣”的一声巨响，“玛丽号”货轮一头撞在“诺曼底号”轮船的侧面，在侧舷上撕开了一个大口子。海水立即顺着裂口，哗哗地流进了舱室，“诺曼底号”轮船开始缓缓下沉。

“诺曼底号”轮船有二十八名水手，一名乘务员，三十二名乘客，其中十二名是妇女。正在熟睡的乘客被剧烈的撞击惊醒，意识到出了事，乱作一团。有人一边喊叫，一边冲出舱室，往甲板上跑；有的吓得不停地哭泣；还有的四处寻找亲友，更多的人在短暂的慌乱后，开始冲向救生艇。他们看见“玛丽号”货轮受到的破坏不算特别大，就停在旁边，如果能登上救生艇，再成功登上那艘船，就得救了……

千钧一发之际，船长阿尔威通过船上的广播向二副下达命令：“二副，你带枪了吗？”

二副说：“带了！”

阿尔威船长说：“有几发子弹？”

二副说：“三发。”

阿尔威船长大声说：“够了，你给我听着，现在客轮上共有三十二名乘客等待我们营救，如果我们的船员抢在乘客前面逃生，你就立刻开枪，将其击毙；如果有男人抢在女人前面逃生，你就开枪，将其击毙；如果有年轻人抢在老人前面逃生，你就将其击毙！”

听到船长的命令，慌乱的乘客开始变得有秩序起来。女人先上了救生艇，被送到旁边的“玛丽号”货轮上。然后，老人开始登

艇。接着，男乘客再登艇。最后，是水手们。整个撤离井然有序。

当其他人都到达了“玛丽号”货轮，救生艇正准备返回接阿尔威船长时，“诺曼底号”轮船因为注入了过量的水，眼看就要沉没。手扶着栏杆的阿尔威船长，看了水手和乘客最后一眼，就随着他心爱的“诺曼底号”轮船一起，沉入了深海之中。

人们没有忘记这位舍己救人的船长。在“诺曼底号”轮船失事不久，获救的乘客和当地百姓就集资在出事的海峡边，为阿尔威船长建了一座纪念碑。现在，这座纪念碑已经屹立在那里一百三十多年了。每当有轮船通过那里，轮船的船长和水手都要向纪念碑脱帽致敬，因为它代表着一位伟大的前辈！

心灵加油站

生死关头，无疑是对一个人最严峻的考验。阿尔威船长在生死关头，没有利用熟悉情况的便利最先逃离，而是坚守岗位，果断指挥乘客和水手撤离，把危险留给了自己，最后壮烈牺牲。生死关头更能彰显大爱，一个人在生死关头的表现，才更能够展示他的品行和内心。希望我们都能像阿尔威船长那样，经得起生死考验，做一个有爱心、有担当、勇敢的人。

心灵物语

动物是人类的朋友，请爱护它们吧！不要让我们的孩子只能在博物馆里才见得到今天的动物，不要让人类成为最后一种动物。

救助犬巴利纪念像

1812年，拿破仑远征俄罗斯，遭遇俄罗斯军队顽强抵抗。法军失败，军队向法国方向溃逃，一路非常凄惨，许多士兵在途中病死或饿死，甚至冻死。

有一个士兵，从俄罗斯逃了出来，一路风餐露宿，到达瑞士时，身体已经非常虚弱。在森贝拿尔山的一个险要处，他因为体力不支，跌入雪坑陷入昏迷，身体很快被积雪掩埋。有经验的人都知道，这种情况非常危险，如果没有人来救他，这名士兵将再也醒不过来，他的全身很快就会被冻僵。

就在这千钧一发之际，来了一只名叫巴利的森贝拿尔长毛狗。这条长毛狗是来搜寻遇难者的。它发现这名士兵还活着，便将他拖出雪坑，并用身体温暖士兵那冻僵的身体。

战士苏醒过来，突然发现身旁有一只长毛大狗，以为是山上的野生动物要吃自己，立即拔刀向狗刺去。军刀深深地刺入了巴利体内，巴利受伤了！身负重伤的巴利艰难地回到了驯养它的修道院。修道院里的人见巴利受了这么重的伤，好多人都伤心地哭了。

原来，在阿尔卑斯山脉海拔二千米以上的许多地区，冬季长达八九个月，暴风雪常常将道路掩埋，旅途中的人，常常因为山势陡峭坠入雪谷而遇难，或者因为迷路，长时间走不出大山而被冻死。为此，人们训练了一种嗅觉灵敏、高大强壮的森贝拿尔长毛狗来协助救援迷路的人。几个世纪以来，这种狗救了数千个在暴风雪中遇险的人。

修道院因为地处山中，也养了好多条这样的狗。这些狗都多次参与救人，巴利则救得最多，在救助士兵之前，它已经救了四十个人。因此，在瑞士和法国，甚至意大利，有许多人都知道巴利的名字。

后来，一个商人路过修道院，听到了巴利的故事，将它带到伯尔尼治伤。它的伤虽然治好了，但身体从此变得非常虚弱，再也不能去雪山救人了。

1814年，巴利死了。人们为了纪念它，感激巴利对人类的救助，将它的遗体制成标本，至今存放在伯尔尼的瑞士自然博物馆里。1899年，人们在巴黎建立了一尊巴利纪念像：底座上是一条森贝拿尔长毛狗，背上驮着一个紧紧抱着狗脖子的小姑娘。碑座上的题词："它救了四十个人，被第四十一个人杀死了……"

心灵加油站

为动物建立纪念像或纪念碑的事情，本身就非常罕见。巴利纪念像是其中非常有名的一个。之所以有名，是因为巴利的事迹——它救了四十一个人，同时还因为它救人，却并没有获得人类应有的感恩，它被自己救的第四十一个人误伤，从此一直身体虚弱，直到两年后病逝。人们是想通过这个纪念像，警醒人类反思对待动物的态度。动物是我们的朋友，作为人类，我们应该知道感恩，爱护动物，善待动物。

心灵物语

祖国，我永远忠于你，愿意为你献身，用我的琴声永远为你歌唱和战斗。

把心脏埋在祖国

著名音乐家、钢琴家肖邦是波兰人，从小就在音乐方面表现出了很高的天赋。

波兰是一个多灾多难的国家，从1772年起，俄国、普鲁士、奥地利三个强国对弱小的波兰进行了三次瓜分。他们瓜分波兰的领土，奴役波兰的人民，还想扼杀波兰人民的民族意识，以使他们的统治能够长久地进行下去。肖邦二十岁左右的时候，受法国大革命的影响，波兰民族革命力量也活跃起来，而殖民当局则四处镇压起义。

这种动荡的局面对肖邦的艺术创作是非常不利的，亲人和朋友劝肖邦离开波兰到法国深造，通过他的音乐创作为波兰争得荣誉，也会唤起波兰人民的民族意识与抗争精神。肖邦含泪离开祖国，他没有想到的是，这次离开，竟是他与祖国的永别。

来到法国后，肖邦有意识地与上层社会接触。开始的时候，法国社会对于这个外国小伙子有一定的抵触和歧视。肖邦不得不一边苦练琴技，一边靠教钢琴谋生。这时，他遇到了著名钢琴家李斯特。李斯特比肖邦小一岁，但当时已经是闻名巴黎的钢琴家了。李斯特很欣赏肖邦的才华，决定帮他一把。

这一天，李斯特举办钢琴演奏会。当演奏到一首乐曲时，主办方将灯关掉了。就在这黑暗里，美丽的钢琴曲如流水一般流淌出来，观众听得如醉如痴。一曲演奏完毕，观众掌声雷动。这时，灯光亮了，人们惊讶地发现，站在钢琴前答谢的，竟然不是李斯特，而是另一个年轻人。肖邦由此名震巴黎，成为享誉欧洲的作曲家、钢琴家。

1837年，一位秘密人士来到肖邦的住处，他是俄国驻法国大使。大使说："我们调查过，你没有参加1830年的华沙运动，这说明你对沙皇是尊敬和爱戴的。我受沙皇陛下委托，准备授予你'沙皇陛下首席钢琴家'的职位和称号。"

肖邦听了，断然加以拒绝，并义正词严地答复："我是没有参加1830年的革命，因为当时我还太年轻，但是我的心是同那些革命者在一起的。"大使恼羞成怒，气哼哼地离开了，肖邦回祖国的最后一丝希望

由此破灭。

肖邦身体一直不好，三十九岁那年就带着对祖国的无限眷恋离开了人世。

去世前，肖邦深知沙皇对自己痛恨至极，不可能让他的遗体运回祖国，于是，他紧紧拉着姐姐的手说："我死后，请把我的心脏带回去，我要长眠在祖国的地下。"

心灵加油站

肖邦是著名的作曲家，更是一位伟大的爱国者。肖邦人虽然长期远离波兰，但始终心系祖国。他在国外经常为同胞募捐演出，为贵族演出却很勉强。1837年，他严词拒绝沙俄授予他"沙皇陛下首席钢琴家"的职位和称号。舒曼称他的音乐像"藏在花丛中的一门大炮"，向全世界宣告："波兰不会亡。"肖邦一生非常孤寂，痛苦地自称是"远离母亲的波兰孤儿"。最让人感动的是他临终的嘱托，他知道遗体不允许被运回祖国，便请亲人把自己的心脏带回祖国。他的话，让无数人为之感动！

心灵物语

教育的基础根植于爱。老师对学生的爱，是师德的基础，是教学实施的起点。

卢瑟福和他的学生们

物理学家卢瑟福是新西兰人，一生极具传奇色彩。

有一年，卢瑟福负责的实验室要扩建，新的实验室建成后，大家请来英国著名的雕刻家埃里克·基尔，要他雕三个塑像：一个是实验室的出资人蒙德先生，一个是实验室负责人卢瑟福，还有一只鳄鱼。雕出资人和自己很好理解，可为什么要雕一只鳄鱼呢？卢瑟福非常不解，他的学生哈哈大笑，说："鳄鱼就是您啊！"

原来，"鳄鱼"是学生们给卢瑟福取的绰号。卢瑟福一生都在进行科学研究，晚年还有重大发现，在学生和助手眼中，他就像一只鳄鱼一样，看准了目标，就会准确地扑上去，没有收获绝不回头。学生们还说："鳄鱼非常爱护小鳄鱼，而您就是这样啊！"

确实，卢瑟福不仅是一位伟大的物理学家，更是一位伟大的物理学导师。

卢瑟福任卡文迪许实验室主任后，在做好研究的同时，还以敏锐的眼光去发现助手和学生的才能，把他们的潜力挖掘出来，指引他们沿着科学研究的正确方向前进。卢瑟福常常亲切地称助手和学生为孩子们，而学生和助手则把他当成父亲。

有一天深夜，卢瑟福走进实验室，看到一个学生仍在实验台上工作。卢瑟福说：“这么晚了，你在做什么？”学生回答：“我在工作。”卢瑟福又问：“那白天你做什么？”学生回答：“白天我也在工作。”卢瑟福接着问：“你早晨也工作吗？”“是的，教授。”学生谦虚地回答，希望能够得到老师的表扬。没想到卢瑟福却批评了他：“那么，你在什么时候思考呢？”

丹麦青年物理学家玻尔，曾是著名物理学家汤姆逊的学生。玻尔年轻气盛，写了一篇和汤姆逊的观点完全不同的博士论文，惹得老师勃然大怒，拒绝让他的论文发表，玻尔非常苦闷。后来，他听说卢瑟福对学生非常好，就改拜卢瑟福为师。

在学习中，玻尔发现卢瑟福提出的原子结构模型仍然有缺陷，想修正它。可是有了前面的教训，他一直不敢提出自己的观点。直到半年后，玻尔才忐忑不安地把自己的想法告诉了卢瑟福。

没想到，卢瑟福对他的想法大加赞扬，

并指点他做进一步的思考和计算。玻尔在老师的鼓励下，写出了论文。卢瑟福几度提出修改意见，后来更是逐字逐句地进行修改，又将这篇论文推荐到相关科学杂志上发表。

玻尔的研究成果震动了物理学界。人们将卢瑟福的模型和玻尔的理论合称为卢瑟福-玻尔原子模型，玻尔也因此获得了诺贝尔物理学奖。

卢瑟福培养了两代世界一流的物理学家。有人粗略地做了一下统计，在卢瑟福的学生、助手中，有十一位获得了诺贝尔物理学奖和诺贝尔化学奖。有人称卢瑟福负责的实验室是“诺贝尔奖获得者的幼儿园”，而卢瑟福本人则是这个幼儿园的园长。

心灵加油站

老师的爱，其实更多的是一种责任。面对一名学生，老师要负起自己的责任，让孩子成长为一个有道德的人，让孩子学到更多的知识，有更大的成就。卢瑟福正是深深地爱着自己的助手和学生，才会无私地指导和帮助他们，以博大的胸怀包容他们，带领他们走上科学研究的顶峰。当然，不是人人都能像卢瑟福那样带出一堆科学家，更多的人都只是普通的老师。但我们要像卢瑟福学习，将爱渗透到日常教学的每一处，负责任地对待每一个孩子，竭尽所能地帮助他们成长成才。

心灵物语

爱是一种无私的给予，也是一种无穷的力量。爱的付出与感恩的回报，从来都是世界上最美好最温暖的故事。

丘吉尔与弗莱明

弗莱明是苏格兰一个农民的儿子。

有一天，他正和父亲在田里干活儿，忽然听到附近水塘里传来呼救声。弗莱明迅速跑了过去，看见一个孩子正在水中一边挣扎，一边大呼救命。原来，孩子一个人偷偷跑到这里游泳，结果因为水比较凉，小腿突然抽筋了，情况非常危险。弗莱明立即叫来了父亲，脱下鞋，跳进水中，将这个孩子救了出来。

第二天，一位风度翩翩的绅士乘着马车来到弗莱明家，自称是昨天被救的那个孩子的父亲。

这位绅士对弗莱明的父亲说：“您儿子昨天救了我儿子的命，我想报答你们的恩情。”弗莱明的父亲说：“谢谢，我们不需要。”绅士看了看弗莱明，道："您儿子很优秀，但在这里受不到良好的教育。请让我带走，资助他上学好吗？"弗莱明的父亲想了想，觉得自己确实没有能力供孩子读书，就答应了。

于是，绅士将弗莱明送进一所非常好的学校读书。弗莱明生性聪颖，好学上进，在绅士的帮助下，顺利考入英国伦敦圣马利亚医学院就读，毕业后，成为一个著名的医生和细菌学家。

1928年，弗莱明在实验室研究葡萄球菌时，因为没有盖好仪器盖子，致使楼上培养的青霉菌飘落到仪器中。奇迹发生了，因为青霉菌的到来，葡萄球菌竟然全部不见了。弗莱明经过进一步的实验证实，青霉菌当中的"青霉素"，是葡萄球菌的克星，并能杀灭多种细菌，很快，他在医学杂志上发表了自己的研究成果。

1935年，另外两名科学家在弗莱明研究报告的基础上，正式开发出了第一种抗生素——青霉素。青霉素能够治疗多种疾病，发明以来，挽救了数以亿计的生命。弗莱明也因此获得诺贝尔生理学或医学奖，并被公认为历史上最具影响力的一百位名人之一。

第二次世界大战期间，那位绅士的儿子出访非洲，不幸得了肺炎，生命垂危。肺炎在当时几乎是绝症，普通药物根本无效。紧急时刻，弗莱明从英国赶来，使用刚应用于临床没多长时间的青霉素，治好了他的病。绅士的儿子紧紧握住弗莱明的手说："谢谢你，给了我两次生命。"弗莱明微笑着回答："不用客气，第一次是我救你，但这一次是你的父亲救了你。"

这位绅士的儿子，就是英国著名政治家、首相丘吉尔。

心灵加油站

每个人都应怀有一颗火热的爱心，在力所能及的情况下，伸手帮助别人。其实，帮助他人是一种良好的习惯。有能力帮助别人，说明你是强大的、有用的，你的心是柔软的、温暖的、可爱的。当然，我们不能期待遭遇这个故事中传奇般的巧合，帮助了别人，好事就一定会落到自己头上，但当你尽可能多地帮助别人时，也会有更多的人感谢你、支持你、回报你，你会因此而强大。仁者无敌，说的就是这个道理。

心灵物语

亲情不应有强迫，不应将自己的意志强加于人。亲情是以心换心的理解，是设身处地地为亲人着想。

首相的胸怀

1874年深冬的一个夜里，伦敦的一座宫殿中正在举办一场盛大的舞会，贵族们在大厅中翩翩起舞。

突然，一位年轻貌美已有身孕的贵妇人连声叫喊腹痛。人们手忙脚乱地把她扶到女更衣室，伴随着一声婴儿的哭喊，一个早产儿——温斯顿·丘吉尔就这样来到了人间。

丘吉尔是英国最为古老的贵族马尔巴罗公爵的后代。英国除了王室以外，公爵家族总共不超过二十个，马尔巴罗家族按封爵次序名列其中第十位。丘吉尔的母亲詹妮是美国百万富翁杰罗姆的女儿，1873年与丘吉尔的父亲伦道夫结婚。

1895年1月24日，伦道夫因病医治无效，溘然去世，终年四十六岁。

这时的詹妮虽已过不惑之年，但依然年轻美丽，风姿绰约。不久，她便萌生了再婚的念头。

然而这一想法在当时几乎遭到了所有亲友的反对。他们纷纷打电话、写信给詹妮，怒斥她离经叛道，并一再劝说她立即取消婚礼。就在詹妮几乎要放弃的时候，詹妮二十五岁的儿子、与母亲的结婚对象同岁的丘吉尔，坚决地握住她的双手：“亲爱的母亲，就算全世界都反对您，我也会勇敢地站在您这边，所以，请您也一定要勇敢。”

儿子坚毅、鼓励的目光，让詹妮义无反顾地披上了婚纱，但这桩婚姻并没有维持多久。

一转眼，十年过去了，丘吉尔凭借卓越的才能跻身政坛，成为一名政治新星。六十岁的詹妮也要再次迎来婚礼。这次的决定同样遭到众人强烈的反对，尤其是儿子的那些反对派们。

这一次，詹妮犹豫了。因为她知道，丘吉尔自幼就怀有雄心壮志，并且具备实现远大理想的能力。她不想因为自己耽误儿子的前程。然而，出乎她意料的是，丘吉尔又一次握住了她的手：“如果让我在仕途与您的幸福之间做选择，我心甘情愿地选择后者。请您不要再有任何顾虑。母亲幸福，我才幸福。”于是，詹妮又一次快乐地迈入了婚姻的殿堂。

在这次婚礼上，丘吉尔仍旧同上次那

样，坚定地站在母亲的身边，而另一边则是比丘吉尔还要年轻的新郎。丘吉尔以这种极致的孝心和坦荡的胸怀，成全了母亲人生的黄昏之恋，让她尽享最后的人生欢乐。七年之后，詹妮摔下楼梯后不治身亡。在即将告别人生的弥留之际，她说道：“我为英国留下一个丘吉尔，这是我一生的价值！”

心灵加油站

母亲两次再婚，对象都比她小很多，这对于普通人来说尚且难以接受，何况备受瞩目的政治明星呢？可是，丘吉尔却能坦然面对。作为儿子，丘吉尔的举动不仅需要极大的孝心，更需要博大的胸襟和深沉的爱。现在的青少年独生子女居多，如果以自我为中心思考问题，有时会忽略父母、亲人的感受，他们同样是有独立人格的人，同样有追求幸福、按自己喜欢的方式生活的权利。亲情是以心换心的理解。对于亲人，我们要像丘吉尔那样设身处地地为他们着想，多理解、多包容，千万不要打着爱的幌子，做一些让所爱之人痛苦的事。

心灵物语

爱并不排斥竞争，相反，良性的竞争能够推动事业发展，促进彼此进步，增进友情和亲情。

玻尔与爱因斯坦

20世纪是物理学家群星璀璨的世纪，中国普通读者可能更熟悉爱因斯坦，因为媒体对他的宣传更多，而在物理学界，公认丹麦物理学家玻尔是与爱因斯坦比肩的科学巨人。有趣的是，这两位科学巨匠既是好友，又是对手。

玻尔和爱因斯坦是在1920年相识的。那一年，年轻的玻尔第一次到柏林讲学，和爱因斯坦结识。见面后，爱因斯坦写信给玻尔，说："我一直在学习你的伟大著作，当然是在我自己的研究受到挫折时，现在我很高兴地看到你年轻友好的面庞，正在我面前微笑着和解释着。"两人由此结下了长达三十年的伟大友谊。

然而，也就是在初次见面之后，两人就在认识上发生分歧，随之展开了终身论战。他们只要一见面，就会唇枪舌剑，辩论不已。

1927年，在第五届索尔威会议上，爱因斯坦首次向玻尔发动攻势，提出对物理学理论的不同见解。常常是在早餐的时候，爱因斯坦设想出一个巧妙的思想实验，以为可以难倒玻尔，但到了晚餐桌上，玻尔就想出了招数，一次次化解爱因斯坦的攻势。

1930年，第六届索尔威会议召开，爱因斯坦更是有备而来，提出了著名的光子盒实验，把争论进一步引向高潮。这次，他反对的是玻尔关于量子力学理论中最重要的论断——测不准原理。玻尔听到爱因斯坦的阐述，非常吃惊。他不能马上找出这问题的答案，整个晚上都感到极度不快。他从一个人走向另一个人，企图说服他们这情况不可能是真实的，如果爱因斯坦正确，那么，这将是物理学的终结。

经过一晚上不眠不休的思考，第二天上午，玻尔喜气洋洋地来到大会上。他已找到了问题的答案，他运用爱因斯坦创立的广义相对论，掉头来反击爱因斯坦，从而维护了量子理论。

玻尔与爱因斯坦的争论持续了三十年，直到1955年爱因斯坦去世。两人有时候争得非常激烈，但他们始终是一对相互尊敬的好朋友，而通过争论，两个人都受到启发，产生了很多新的灵感和新的思想。

玻尔和爱因斯坦一直互相关心，互相尊重。爱因斯坦本来早该获得诺贝尔奖，但由于当时有不少人对相对论持有偏见，直到1922年秋，诺贝尔物理学奖评审委员会才回避相对论的争论，授予他上年度诺贝尔物理学奖，并决定把本年度的诺贝尔物理学奖授予玻尔。这两项决定破例同时发表。当时，爱因斯坦正前往日本，在途经上海时接到了获奖通知，而玻尔对爱因斯坦长期未能获得诺贝尔奖深感不安，怕自己在爱因斯坦之前获奖。因此，当玻尔得知这一消息后非常高兴，立即写信给旅途中的爱因斯坦。玻尔非常谦虚，他在信中表示，自己之所以能取得一些成绩，是因为爱因斯坦做出了奠基性的贡献。因此，爱因斯坦能在他之前获得诺贝尔奖，他觉得这是“莫大的幸福”。

爱因斯坦在接到玻尔的信后，当即回了信。信中说：“我在前不久收到了您热情的来信。我可以毫不夸张地说，它像诺贝尔奖一样，使我感到快乐。您担心在我之前获得这项奖金。您的这种担心我觉得特别可爱——它显示了玻尔的本色！”

1962年，玻尔因为突发心脏病去世。去世前一天，他还在工作室的黑板上画着当年爱因斯坦构思的那个光子盒的草图。至死，玻尔还在从他那位伟大对手那里寻求灵感的光芒。

心灵加油站

科学史上曾经有过很多争论，但真正称得上巅峰对话的，公认的就是玻尔与爱因斯坦的这一次。当代物理学家惠勒就表示，“我不知道哪里还会再出现两位更伟大的人物，在更高的合作水平上，针对一个更深刻的论题，进行一场为时更长的对话”。爱因斯坦和玻尔的争论，使量子力学的意义不断得到澄清，一步步逐渐深入地揭示了量子力学的本质含义。这场争论也是量子力学发展的一个组成部分。最令人感动的是，这场持久而激烈的争论，并没有破坏两位科学巨匠间的友谊，他们相互尊重，惺惺相惜，为后人树立了榜样。

心灵物语

父亲，在孩子眼中既是威严的代名词，更是慈爱的代名词。父爱，如山一般厚重，如大海一样宽广。

一位将军的“哑剧”

戴高乐被法国人视为民族英雄。他功勋卓著，身居高职，看起来让人难以接近。令人意想不到的是，生活中的戴高乐，是一个对自己的孩子关爱得无微不至的慈父。

戴高乐夫妇生育了三个儿女。在第三个孩子即将出生的时候，戴高乐的妻子却遭遇了一场车祸，受了重伤被送进医院。经过紧张的抢救，她终于脱离了危险。不久，女儿安娜降生。

可是，由于车祸带来的伤害，再加上治疗期间服用了大量药物，使得安娜一生下来就是一个智障儿，智力发育异常缓慢。当时社会上还一度传言，说戴高乐夫妇会抛弃这个“累赘”。就连他们的一些朋友也对他们说，不如把女儿送到疗养院，让医护人员来照顾她。

但是，戴高乐却说："不是安娜自己要求来到人间的，我们两人的责任，就是让安娜得到真正的幸福。"

戴高乐十八岁从军，性格坚强，但就是这样一位作风强硬的军人，对待自己的女儿却十分温柔慈祥。他对安娜的要求从不拒绝，一有时间就带她去街上玩耍；还经常给安娜讲故事，为她唱歌，做鬼脸逗她笑。

戴高乐身高将近两米，身材高大威武，但是，他为了不让女儿与自己有距离感，在女儿面前他常常坐下来、蹲下来，甚至是趴下来，让女儿骑在自己的身上，让她抓自己的头发，玩儿自己的军帽。在女儿面前，戴高乐平日里的威严荡然无存，取而代之的是一个爱护女儿的普通父亲。

有一次，安娜不知为什么总是不停地哭，不愿意吃饭也不愿意睡觉，全家上下都束手无策。戴高乐耐心地陪女儿玩耍，但女儿还是一直在哭。戴高乐想，可能以前的方法女儿已经玩儿腻了。他急中生智，开始手舞足蹈地乱跳，希望能让女儿转移注意力。这一举动收到了效果，女儿很快不哭了，而且，女儿看着爸爸滑稽的样子，不禁笑了出来。

但是，戴高乐刚一停下，女儿又开始大哭。戴高乐想了想，又开始手舞足蹈起来，可这次他不再是随心所欲地跳了，而是像在表演哑剧一般，做出各种各样的动作。安娜看着父亲，越来越高兴。

自此之后，"哑剧"就成了戴高乐家中的一个保留节目。一有机会，戴高乐就给女儿表演"哑剧"，他还特意去聋

哑学校学习了一些简单的手语，并把这些手语加到自己的“哑剧”之中，试图慢慢地向安娜传递一些信息。到后来，“哑剧”成了戴高乐生活中不可或缺的一部分，当他在工作上不顺利的时候，就到安娜面前表演“哑剧”，借此舒缓自己心中的压力。

第二次世界大战期间，戴高乐组建了流亡政府，流亡到英国。即使在流亡的这几年，安娜也一直陪在他的身边。

1947年，安娜在即将度过二十岁生日的时候离世。葬礼结束后，戴高乐夫妇守在女儿的墓前，久久不愿离去。直到天黑，戴高乐才对妻子说：“走吧，现在她和别人一样了。”

后来，夫妇二人共同以安娜的名字建立了一个基金会，帮助智障儿童更好地生活。1970年戴高乐去世时，拒绝了法国政府的国葬，而是要求将自己和安娜葬在一起。

心灵加油站

与母爱不同，父爱是严肃、刚强、深沉的。戴高乐是一位好父亲。他说过，要做好一个国家的总统，首先要做好一个孩子的父亲。戴高乐日理万机，但是他从来不会忘记照顾安娜。他坚持让安娜和他在一起，哪怕是流亡国外那段最艰难的时期。父亲在人们心中一直都是严厉、刚正的形象，但是，父亲更是一个慈祥、和蔼的长者。安娜是不幸的，因为她生下来就要面临诸多障碍；她又是幸运的，因为她有这样一位慈爱的父亲。

心灵物语

一个人最大的破产是绝望，最大的资产是希望。希望是坚韧的拐杖，忍耐是旅行袋，携带它们，人可以登上永恒之旅。

曼德拉的嘉宾

南非前总统曼德拉曾因领导黑人运动，反对白人政府实行种族隔离主义、对黑人采取歧视态度，被南非政府秘密逮捕，他们先是判处曼德拉五年监禁，将他关在一所监狱里。

两年后，南非政府又将曼德拉改判为终身监禁，将他转移到大西洋里的一个小岛——罗本岛的监狱里。这所监狱是南非政府当时最大的秘密监狱，关押了很多黑人政治犯。曼德拉是黑人运动领袖，自然是最受“关照”的犯人。

监狱的白人狱警对这位黑人斗士很是反感，他们将曼德拉单独关在一间不到五平方米的狱室里，经常对曼德拉呼来喝去，嘲笑谩骂。岛上有一个采石场，狱警们逼迫曼德拉到采石场做苦工，让他干繁重的体力活儿。哪怕后来曼德拉年龄大了，体力明显下降后，依然如此。

曼德拉没有放弃，他坚持锻炼身体。同时，还反复地抗争，争取在监狱的空地上开垦田地、种菜、种树的权利。监狱方面开始不同意曼德拉的要求，后来禁不住他反复抗争，才同意他这样做。就这样，曼德拉度过了长达二十八年的牢狱生涯。他进去时四十五岁，正值壮年，出狱时已近七十三岁，两鬓苍苍。

1994年，曼德拉当选为南非首任黑人总统。举行总统就职典礼时，他邀请了当年的三位狱警出席。就职仪式上，年迈的曼德拉缓缓站起身来，恭敬地向三个曾关押他的看守致敬，在场的所有来宾都静了下来，为曼德拉博大的胸怀肃然起敬。那三位对曼德拉并不友善的狱警更是被深深感动。

后来，有人问曼德拉："您为什么这样做，您不痛恨他们吗？"曼德拉说："当我走出囚室迈向通往自由的监狱大门时，我已经清楚，自己若不能把痛苦与怨恨留在身后，那么其实我仍在狱中。"

心灵加油站

人人都知道应该怀有一颗宽容的心，但是能做到这点并不容易。曼德拉度过了漫长、痛苦的牢狱生涯。失去自由二十八年，被折磨二十八年，这要积累多少怨恨，多少不满！尤其是对那些终日看管和讥讽自己的狱警，正常人的反应是憎恨和厌恶！曼德拉成为总统后，完全可以利用自己的影响力对他们给予报复，然而他没有，他选择了宽容。曼德拉宽广的胸襟让人感动！

心灵物语

父爱更加理性，父亲从男人的角度，给予孩子坚强、自立、自强、自信、宽容，使孩子能感受到与母爱不同的爱。

父亲的遗产

2011年，《福布斯》杂志发布新一期的全球富豪榜。人们惊奇地发现，世界首富不再是盖茨、巴菲特这些“老面孔”，而是一位来自墨西哥的黎巴嫩裔商人——卡洛斯·斯利姆·埃卢。

没过多久，关于卡洛斯的专访和报道便覆盖了各大报纸的重要版面。其中，有几篇关于卡洛斯的书架的描写引起了人们的注意。

在卡洛斯的书架上，有五本卡洛斯小时候就开始使用的笔记本，上面密密麻麻地写了许多数字。这些笔记本到底记载了什么重要的信息，让卡洛斯保留了几十年？

这要从卡洛斯的父亲朱利安开始说起。朱利安年轻时来到墨西哥，从一个普通的外国青年发展成为经营房地产的富商。他有五个孩子，但前四个孩子都没有做生意的天分。直到小儿子卡洛斯出生，才为朱利安带来了一丝希望。

卡洛斯自小就对商业非常感兴趣。有一次，朱利安把一个硬币和一张纸币放到他面前，让他选择。年幼的卡洛斯不仅知道选择纸币，还将手中的饼干给了朱利安。朱利安非常高兴，原来卡洛斯这么小就懂得模仿父亲做生意的样子。

在卡洛斯七岁那年，朱利安给了卡洛斯十比索和一个小本子。他说："每个星期，我都会给你十比索，但是，无论你用这十比索做了什么，你都要记录在这个本子上。如果你的用途令我满意，我就会奖励你二比索。"

卡洛斯照做了，并渐渐地养成了记账的习惯。一次，他为了买面包店里的油炸玉米圈，就找到朱利安向他要二比索。朱利安说："你母亲会做，为什么要去买？"

卡洛斯以为朱利安不喜欢他用零用钱买零食，就将这十比索存了起来，并记在笔记本上。

但是，朱利安在看了笔记本之后，并没有表示满意："存钱一定要以你自己能够得到快乐为前提。你存钱没有目的，还让自己无法得到快乐，这无法令我满意。"

后来，聪明的卡洛斯在父亲的引导之下，渐渐地学会了怎样将这十比索发挥出更大的用处，并懂得了慈善的意义。朱利安对儿子的成长十分欣慰，并通过让卡洛斯为他"打工"，让他得到更多的钱。

十一岁时，卡洛斯已经有了将近三千比索的存款。朱利安说："你把这笔钱拿出来，我要告诉你怎样让钱自己'生'出更多的钱。"朱利安告诉他，市面上正在流行一种棒球球星卡。若是卡洛斯能够判断出哪些现在名不见经传的球员将来能够成为巨星，这个球星的卡片就会升值，卡洛斯就能从中获利。卡洛斯在多次尝试之后，赚到了一大笔钱。

朱利安告诉卡洛斯，这既是储蓄的好处，也是对他的耐心的回报。

这年年底，墨西哥政府宣布要对墨西哥河河岸进行改造，并将河边的沙石以最低的价格卖给了朱利安。朱利安告诉卡洛斯，在接下来的半年内，卡洛斯可以把在河岸上捡到的鹅卵石卖给他，他会以一吨十比索的价格收购这些鹅卵石。

卡洛斯坚持了很长时间，还将朋友们叫来帮他一起捡，并付给他们报酬。半年的时间很快就过去了，而卡洛斯在这半年的时间里，足足赚了一千两百比索，这让他兴奋不已。让卡洛斯真正兴奋的事还在后面。朱利安带着卡洛斯来到河岸工程办公室，向工程队兜售这些鹅卵石。

正巧，工程队要在河岸边铺设鹅卵石道路，于是以三倍的价格将鹅卵石全部收购。此后，朱利安又将河岸上的沙子运到建筑工地，作为建筑材料卖出。转眼间，朱利安就赚了几万比索。

卡洛斯既兴奋又惊讶，原来这些没用的沙子和石头竟然能带来这么大的利润！此后，卡洛斯运用自己学到的知识又赚了一大笔钱，他的存款也增加到了一万比索。

到卡洛斯十二岁时，他已经不再依赖父亲创造的机会赚钱，而是自己来寻找机会。渐渐地，卡洛斯学会了投资政府债券和股票，并明白了风险和回报的关系。

现在，卡洛斯已经是坐拥七百多亿资产的世界第一富豪了，这五本笔记本他一直放在书架上，因为那是父亲留给他的最宝贵的遗产。

心灵加油站

怎么教育孩子，才是对孩子真正的爱呢？有人以为，给孩子留下一大笔财产，让他们一生衣食无忧，就是对孩子最好的爱，但是，现实是残酷的——这些孩子过着锦衣玉食的生活，很早就没有了进取心，还养成很多不良习惯。朱利安没有给卡洛斯留下多少财产，他给卡洛斯留下的，只有五个笔记本，但是，这些笔记本中蕴含的道理，却让卡洛斯受用终生。所以，对子女真正的爱不是给他们财富，而是帮助他们养成良好的品行，帮助他们培养卓越的智慧。

心灵物语

仁者爱人，当你真心热爱他人、服务他人的时候，人生才更有意义。

全球最穷的总统

乌拉圭是个南美小国，可乌拉圭总统穆希卡的名气却很大。

穆希卡是一位平民总统。当选总统后，穆希卡拒绝迁入豪华的总统官邸，他的理由是官邸太大太浪费，比他蹲过十四年的牢房“大太多”，没有必要。他更拒绝保安随行和防弹轿车接送，每天开着自己那辆车龄已经二十几年的“甲壳虫”上下班。

穆希卡总统的办公室大概是世界上最小的总统办公室，只有八平方米左右，与普通学校的学生宿舍差不多。墙上挂着乌拉圭民族英雄阿蒂加斯的画像，靠墙的小茶几上摆放着一部白色电话机，还有很小的两件雕塑艺术品。他的办公桌也非常普通，一角摆放着一只普通的玻璃水杯，里面插着几枝洁白的栀子花。栀子花是乌拉圭人非常喜爱的花，街头有许多专门贩售此花的小摊，这种花通常被三四朵扎成一小把，售价格外便宜，每扎仅约人民币六角钱。

任总统后，穆希卡冲破层层阻力，将原来的总统官邸以二百七十万美元出售给乌拉圭东部银行，所得资金全部用于政府实施的解决穷人住房计划。

他的这项举措受到民众的热烈欢迎。穆希卡说：“当总统是为民众谋幸福，而不是为自己享受特权。只有每个穷人都有房住，都能吃饱肚子，我心里才踏实。”

这位另类总统回到家里也不搞特殊化，周末喜欢干农活儿，或者带着爱犬出门逛逛街，有时候去看看自己喜欢的球队的比赛。

穆希卡和夫人居住在蒙得维的亚西部的农村地区，他的夫人托波兰斯基是前参议员，是房产的主人。每当有空闲时间，穆希卡就开着自家的拖拉机，在农场里种花种菜，那样子与普通农民没有任何区别。他很喜欢也很享受这样的时光。

穆希卡作为总统，每月的工资大约为一万一千美元，收入并不算少，足以保证他维持富足体面的生活，但是，穆希卡将百分之二十的工资捐给他所在的党派“广泛阵线”，用于一项住宅计划的基金，其他的大多捐给公共住房项目基金，只给自己留下大约一千五百美元。

穆希卡说："剩下的够我用了，有那么多同胞都赚不到这个数目，我怎能说不够呢？"他表示将来还要把部分退休金捐出。

因为过于节俭，穆希卡被人们称为"全球最穷总统"。对这一称号，穆希卡一点都不介意，他微笑着说道："我一点也不穷，说我穷的人才是真穷。说我只有几样东西倒也没什么错，但俭朴却使我觉得非常富足。"

心灵加油站

穆希卡被称为"全球最穷总统"，但是他的形象和影响力，却可以比肩很多大国、富国领导人。穆希卡最让人敬佩和感动的，是他不贪恋权势，不骄奢淫逸，不以权谋私，全心全意为人民服务。他自觉降低公务标准，不住大官邸，不搞大排场，将公务支出维持在最低限度。对于自己的合法收入，他也大部分捐给公益事业。穆希卡是真正热爱民众、以服务民众为己任的政治家。正如穆希卡自己所说，他是世界上最穷的总统，同时，也是最富有的总统！他的富有，体现在高尚的精神、崇高的追求和伟大的人格上！

心灵物语

爱是最好的老师，热爱自己的事业，你就会觉得其乐无穷，再苦再累也无怨无悔。

珍妮与黑猩猩

珍妮·古多尔出生于英国的伯恩茅斯。当她还在襁褓中时，妈妈就给了她一个黑猩猩的玩偶。亲戚们认为，珍妮一定会做噩梦，但她却对这个玩偶非常喜欢。珍妮说，她八岁读完《杜立德博士》和《人猿泰山》之后，便对非洲产生了难以名状的向往之情。此后，她就一直等待着去非洲的机会。

珍妮二十六岁时，她用打工赚来的钱做路费，来到坦桑尼亚，她找到人类学家路易斯·李基，希望他能提供给自己一份接近动物的工作。李基正好需要一位研究野生黑猩猩的人，他希望有人能通过观察野生黑猩猩来探求早期人类的行为。珍妮通过了考试。

1969年，珍妮来到了坦桑尼亚开始研究黑猩猩。当地的土著人一听说她要接近黑猩猩，都劝她不要去，告诉她有人曾在爬一棵油棕树时，被一只雄黑猩猩从树顶推下来，那只黑猩猩撕破了他的脸庞，并挖去了他的一只眼睛。珍妮没有被这个故事吓倒。

第二天，珍妮试着接近了一只黑猩猩，但是那只黑猩猩一看到她，就飞快地爬上树跑掉了。无奈，珍妮只能站在五百米远的地方观察黑猩猩，或者吃黑猩猩吃的果子，让黑猩猩一点点地习惯她的存在。

日子一天天过去了，到了第十五个月，那群黑猩猩习惯了珍妮的存在，甚至，珍妮坐在黑猩猩身边，它们都懒得看她一眼。珍妮非常兴奋，她说，那是她最有成就感的一天！随后，珍妮开始模仿黑猩猩们的动作和语言，与它们进行简单的沟通，她和这群黑猩猩成为了好朋友。这些黑猩猩经常闯进珍妮的帐篷中，与她玩耍，或者跟珍妮要香蕉吃。

李基对珍妮说，这项任务最多进行十年，而珍妮只打算做三年。不过随着珍妮在这里时间的增长，越来越多的黑猩猩和珍妮成为朋友。珍妮太喜欢黑猩猩了，她改变了自己最初的想法，在这里一待就超过四十年。她和助手给所有黑猩猩都取了名字，每天与它们生活在一起。

珍妮早期关于黑猩猩能够使用工具的发现震惊了世界。因为在此之前，大家一直认为，只有人类才能够使用工具。珍妮发现黑猩猩能使用细长的树枝从白蚁窝的出入口插进去粘出白蚁来吃。过去世人一直认为黑猩猩是素食主义者，但珍妮发现，它们跟人类一样是可怕的肉食者，黑猩猩们不但一起去猎杀小羚羊、猴子和南非野猪，而且还分着把它们吃掉。

珍妮发现，黑猩猩每天要用两三个小时互相梳理皮毛联络感情，这是它们必不可少的社交活动，而寻找食物则要花一个小时。它们从整理皮毛得到的温情与快意似乎超过了吃东西的愉快。它们久别重逢的场面酷似人类，不乏搂抱、握手的亲热之举。

珍妮在长期观察中，也发现了人类发展对于自然环境的破坏，给黑猩猩生存带来的巨大影响，甚至，目睹多起盗杀黑猩猩的事件。她四处奔走，呼吁人们要保护自然，与动物们和平共处。她还发起了“根与芽”项目，呼吁在中小学中建立爱护动物俱乐部，从小培养人们爱护和保护动物的观念。

珍妮曾经多次来中国，为保护动物奔走呼号。她鼓励青少年说：“当你有了梦想，千万不要轻言放弃，要坚持，相信你一定能够实现你的梦想。”

心灵加油站

珍妮是世界上最伟大的动物学家，被称为动物学界的爱因斯坦。她和她的助手们对黑猩猩的实地观察达四十多个年头，是人类迄今历史上最久的一项动物研究。这种长时间的研究非常艰苦，要在森林中风餐露宿，要与黑猩猩同吃同住，要克服资金、婚恋和家庭的考验。珍妮甚至遭到过黑猩猩的攻击，面对过盗猎者的枪口。正是因为对黑猩猩无与伦比的喜爱和对科学研究无与伦比的热爱，珍妮才坚持下来，通过自己的研究帮助人们更加深入地认识人类的近亲——黑猩猩。

心灵物语

父爱不如母爱那样体贴入微，随处可见，它一般是埋在心底，只有在关键时刻才显露出来。

父亲永远在你身边

1989年，一次极其强烈的地震袭击了美国，大地在摇晃，震区许多房屋在顷刻间化为瓦砾，不少人还没明白发生了什么事，便被埋在了废墟里。

有一位父亲将妻子安顿好后，迅速向儿子就读的学校跑去。等他跑到学校时，眼前的一切让他惊呆了：学校的教学楼早已经不在，变成了一堆废墟。楼房倒塌扬起的灰尘还没有散去，校园里弥漫着呛人的味道，根本分不清东南西北。

父亲向儿子教室所在的大致方位跑去，有人拉住他说："不要再向里走了，可能会有余震，里面还经常会落下石头，非常危险。"

父亲的脚步没有停。他想起了前几天与儿子的谈话，儿子说："爸爸，你会一直陪着我吗？"父亲当时特别肯定地回答："是的，不论什么情况，我都会一直陪在你身边。这是我给你的承诺。”

父亲仔细地回忆，他从儿子每天走的路判断，儿子的教室应该在瓦砾堆的某一个边缘附近。于是，他开始用手挖起来。

陆续有家长来到学校，校园里哭成一片。

家长们在学校里寻找着，有的还在翻着瓦砾，搬着石块、砖头。消防人员也来了，他们在附近进行了探测，认为已经没有幸存者的生命迹象。听到专业人士的判断，家长们都痛哭起来，最终放弃了搜寻，有的开始回家，有的则默默地站在空地上。

只有这位父亲还在继续挖着。

消防队长走过来，拍拍他的肩膀说：“不要挖了。我们探测过了，这里不可能还有活着的人。”另外一个人也走了过来，说：“躲开这些瓦砾吧，地震后有余震，你在这里会非常危险。如果发生余震，石块、水泥板落下来，你自己的性命都保不住。”

父亲没有听他们的，执拗地继续挖着。因为都是钢筋、水泥板和石块，父亲的手指都磨出了血，但他一刻也没有停。

就这样，父亲从白天挖到深夜，从深夜挖到了黎明。周围的人以为这个男人伤心得疯了，都对他投以同情的目光。好心人递过一瓶水，父亲接过水喝了几口，说声谢谢，继续挖掘。

三十八个小时后，父亲推开了一块大水泥板，里面隐约传来了儿子的声音。父亲大喊："阿曼德，是你吗？"儿子听到了，说："爸爸吗？是我，爸爸，我旁边还有十几个小朋友，我告诉他们不要着急。我跟他们说，如果你活着，你就一定会来救我的。如果我获救了，他们也就获救了。因为你答应过我，不论发生什么，你一定会在我身边。"

周围的人看到真有幸存者，纷纷赶过来帮助父亲。终于，他们挖出了一个生命通道。儿子让其他小朋友先出去，他自己最后一个爬出来。因为他觉得有爸爸在，什么危险都不怕。

心灵加油站

父爱同母爱一样伟大，只是父亲表达爱的方式不同而已。每个人都有一个伟大的父亲，他们像山一样让我们在无助时可以依靠，人们常说的父爱如山这个词就是这个道理。父亲用厚实的臂膀支撑着整个家庭；父亲用亲情温暖着孩子的心灵；父亲用坚毅的目光给孩子以安全感；父亲用沉默和鼓励，帮助孩子健康成长。

心灵物语

只有真心爱人的人，才能获得别人的爱。一个人如果没有学会去关心别人、去爱别人，那他的生命还有多少意义呢？

用五小时向四万人道歉

巴拿马总统里卡多一直觉得本国护照设计得不好，不够雅致，不上档次。2009年，他当选总统后，很快便指示护照管理局重新设计护照，并提出了一些具体的设计建议。

护照管理局对此非常重视，组织有经验的人员几易其稿，又反复商讨修改，终于拿出了全新的护照设计图。他们制作了几本新护照的样本，送给里卡多审看。里卡多看了，觉得新护照设计独到，色彩和谐，庄重大气，印制也很精美，当即批准下发使用。

几个月后的一天，里卡多有了一点空闲，顺手拉开抽屉，拿出那几本护照样本欣赏。这时，他发现护照上有一个非常细微的错误——巴拿马的国徽有铁锹和丁字镐，而新护照上画的，却是铁锹和长柄方锤。里卡多立即打电话给护照管理局，请他们马上更正，印制正确的护照。同时，要求护照管理局统计一下这几个月里，新护照下发和使用情况。统计结果，新护照竟然已经下发了四万本，也就是说，有四万名公民在使用错误的护照。里卡多请护照管理局将四万个名字全部打印出来，又请工作人员联系了电视台。他说："我要在电视里，向这四万人道歉。"

2010年10月4日晚7点，里卡多准时出现在电视里，向公民们郑重道歉。他首先说明了事情的经过，承担了自己的责任，然后开始向使用错误护照的公民道歉。里卡多拿起手中的稿子念道："这四万个人的名字分别是曼格艾尔·阿马多加·雷亚罗……"观众们以为他只是想念几个名字作为代表，哪想到，里卡多竟然一个又一个名字念下去。十分钟过去了，他在念；二十分钟过去了，他在念；一小时过去了，他还在念……大家这才知道，原来总统是想将这四万人的名字全部念完，也就是要向这四万人逐一道歉。

有观众打来电话说："总统，这只是小问题，您就不要这么郑重道歉了。"里卡多说："关系到四万人，怎么是小问题呢？"又有观众打来电话说："我粗略计算了一下，四万个名字读完，您至少得读两天两夜。您就不要念了，我们原谅您了。"里卡多回答说："如果我连道歉这样的事情都没办法具体落实，你们怎么能够相信我能很好地代表大家执政

呢？”里卡多道歉的事情，甚至连周边国家的公民都感动了。周边国家的公民纷纷打电话询问事情的始末。很多巴拿马国民更是聚在电视台周围大声喊：“总统先生，不要再念了，我们原谅你了！”甚至一些在海外的巴拿马公民也打来电话，请求里卡多停止念名字，然而，里卡多依然坚持要向每个人道歉。

念了五个小时后，有巴拿马公民打电话进来说：“如果今天我们的建议您都不考虑，我们还能指望您以后接受我们什么样的建议呢？”里卡多这才惶恐地跟公民们再次做了说明，终于停止了道歉。

心灵加油站

当巴拿马总统里卡多发现自己批准下发的护照存在错误后，能在最短的时间内做出果断、有效的决定，为自己所犯的错误诚挚地向四万人逐一道歉，态度诚恳、意志坚决。里卡多的行为，真正体现了政治家以人为本、对民众负责的态度，体现了他不推卸责任、知错就改的良好品质。他对百姓的真心关爱和诚实守信、勇于担当的精神，值得所有公务人员学习。

心灵物语

爱是鼓励，是支持，但不是包办一切。我们应该尊重孩子，多考虑孩子的感受和想法，鼓励孩子成为自己的主人，学会对自己负责。

不为孩子设计未来

2011年，《福布斯》杂志发布新一期的全球富豪榜。在这张榜单上，人们发现了一个陌生的名字：马克·扎克伯格。他只有不到三十岁，二十岁在大学校园内开始创业的他，只用了不到十年时间就创造了大部分人一生都无法创造出来的财富。人们不禁要问：他是谁？是什么样的天才，才能创造出这个发展快得令人惊讶的社交帝国？

纽约州的弗拉特布什是马克·扎克伯格的家乡。小时候的马克是个非常贪玩的孩子，每天都和自己的三个姐姐疯玩，但是，父亲艾德从来不对他们发脾气，而是告诉他们，想怎么玩儿就怎么玩儿。

20世纪90年代，电影《星球大战》红极一时。马克和姐姐们都看这部电影入了迷，但是，马克的“喜欢”和姐姐们的“喜欢”却不一样——马克对姐姐们提出，要拍自己的《星球大战》。

姐姐们都说马克是无理取闹，认为父亲一定会教训他的，但是，艾德没有生气，反而鼓励马克照自己的想法去做。马克很高兴，于是开始了自己的创作。三个月后，马克自编自导的电影诞生了。电影情节和制作虽然简单，却让四个孩子每天笑得吃不下饭。

贪玩的马克很快转变了兴趣。他喜欢上了电脑，喜欢上了电脑游戏。艾德知道了马克新的爱好之后，动用了全家的积蓄，买了六台电脑，家里一人一台。妻子很生气地问他："你疯了吗？为什么要跟孩子一起胡闹？你为什么不想想他们的未来？"艾德却很平静地回答说："我只会帮助他们做自己喜欢的事情，不会规定他们的未来！"

马克每天都坐在电脑前面玩儿游戏，但是，和其他孩子不同，马克沉迷的不是游戏本身，而是游戏中的奥秘。把所有的游戏玩儿过之后，马克开始思考：我能不能设计并推出一个游戏？

于是，马克开始寻找资料，试着去设计一款游戏。很快，马克设计出了自己的第一款游戏，可是，游戏本身有一个严重的漏洞，这让游戏变得十分无聊。马克很失望，又很迷惘。

艾德看出了儿子心中的迷惘。他摸着儿子的头，对儿子说："不要气馁，不要害怕困难。只有向着目标一路往前冲，胜利才会属于你！"于是，马克重整旗鼓，开始重新尝试编写程序。经过了几个月的努力，他设计出一个简单的聊天工具。全家人都非常喜欢马克的聊天工具，他们给它起名为"马克网站"。

后来，马克凭借自己在计算机方面的天赋，考上了哈佛大学。一天，马克突发奇想，能不能推出一个网站，让哈佛的每个人都能在网站上进行交流？马克只用了一个星期，就完成了网站的基础搭建。他给自己的网站取名“Facebook”。

Facebook在哈佛校园内轰动一时，每个学生都在上面注册了账号，专业人士对Facebook的估价达到了两千万美元，但是，马克认为自己的网站绝不只值这个数字。于是，他给父母打了电话，告诉他们自己准备退学创业。家里几乎所有人都反对马克的想法，但是，父亲艾德却告诉马克：“决定了就不要犹豫，要坚定地往前走！”在艾德的支持下，马克递交了退学申请。

果然，马克的Facebook一推向市场就获得了巨大成功。公司董事会一致认为，马克的父亲对于公司的成功有着不可磨灭的贡献，于是给予艾德两百万美元的股权，但是，艾德拒绝了，继续留在纽约当牙科医生。

心灵加油站

做父母的都有这样的体会，对孩子爱到深处，有时候恨不得帮他们将一切都规划好、设计好，把一切都打理好。老话说：惯子如杀子。过度溺爱孩子，过多为孩子考虑，不利于孩子想象力、创造力和独立生存能力的培养，相反，还容易滋生惰性、养成好逸恶劳的恶习。真正爱孩子，应该像艾德那样，支持孩子做他们喜爱的事，鼓励孩子好学上进，在自己喜欢的领域成为人才。当然，孩子喜爱的不见得是正确的，对于不正确的事情，父母还是要坚决纠正和制止。

心灵物语

人生最美的东西之一就是母爱，这是无私的爱，是可以创造无数奇迹的情感，是世间最伟大的力量。

宝刀不老的体操名将

2012年，在伦敦奥运会的女子跳马决赛中，罗马尼亚运动员获得了冠军，但是，这场比赛的焦点，却是一位无缘奖台的德国运动员。原因很简单，参加比赛的运动员多数都是二十几岁的年轻人，而这位运动员却是参加了六届奥运会的三十七岁老将。她的名字叫丘索维金娜。她参加奥运会的目的只有一个：治好儿子的病。

丘索维金娜十六岁时就代表独联体队参加了世锦赛，并获得了两枚金牌。

在随后的两届奥运会中，丘索维金娜又代表乌兹别克斯坦队收获了好几枚奖牌。随后，她宣布退役，并与一位摔跤运动员结婚。1999年，她有了儿子阿里什。

一般来说，体操运动员在二十多岁之后，就会由于身体等原因而选择退役，转而从事其他职业。丘索维金娜的人生，本来也是如此。

但是，2002年，阿里什被诊断出患有白血病。丘索维金娜感到十分绝望：治疗白血病需要极其高昂的费用，这笔费用从哪里来？

丘索维金娜在考虑了很久之后，做出了决定：重新踏上体操比赛的赛场，用参加比赛获得的奖金来支付儿子的治疗费用。消息传出，她的亲朋好友都感到十分震惊，都劝她不要勉强自己。毕竟，她已经是二十七岁的“高龄”，怎么能与那些十几岁的小姑娘们竞争？丘索维金娜谢绝了人们的好意，重新走上了阔别数年的体操舞台。

2002年，她代表乌兹别克斯坦队出战亚运会。面对比她小十几岁、身体素质远胜于她的对手，丘索维金娜毫不畏惧，并勇夺多枚奖牌。二十七岁的丘索维金娜也创造了夺得体操冠军年龄最大的女选手的纪录。

但是，乌兹别克斯坦的医疗水平无法治好阿里什的病。于是，在体操界朋友的帮助下，丘索维金娜移居德国。在那里，她得到了许多德国体操界人士的帮助，阿里什的病情也逐渐好转。

为了表达对他们的谢意，丘索维金娜加入了德国国籍，并为德国出战世锦赛、欧锦赛和奥运会。后来，在她的努力下，德国时隔二十三年之后再次获得了欧锦赛冠军。

2008年，丘索维金娜代表德国参加了北京奥运会。此时，她已经三十三岁了。但是，凭借着顽强的毅力和丰富的经验，她再一次得到了一块银牌，并在女子全能项目上也有出色的发挥。

全世界都被这位伟大的母亲所感动。中国的“体操王子”李宁向她捐款两万欧元作为阿里什治疗的费用，乌兹别克斯坦的体育部部长也向她致以祝贺，而丘索维金娜却说：“我一点也不觉得自己已经三十三岁了。我觉得，我依然是十八岁。”她甚至还说，她要继续参加伦敦奥运会。

2008年11月，丘索维金娜在瑞士的一场比赛中从器械上摔落下来，跟腱断裂。人们猜测，这位老将的传奇将会就此画上句号。毕竟，就算是二十岁的年轻运动员，在如此严重的伤病面前也会无能为力，更何况三十三岁的丘索维金娜？丘索维金娜却没有屈服。她借着担任乌兹别克斯坦体操队教练的机会，坚持每天训练。

2011年，人们再一次被这位英雄母亲所震惊：三十六岁的丘索维金娜一举夺得欧锦赛的跳马银牌！

这年年底，她又出现在世锦赛的赛场上，再次获得跳马银牌，而她的对手们大多是十几岁的小姑娘，仅比阿里什大六七岁。丘索维金娜平静地说：“只要儿子的病还没好，我就会一直奋战下去。”

2012年，丘索维金娜如愿出现在伦敦奥运会的赛场上。人们起立鼓掌，向这位英雄母亲致以最崇高的敬意。虽然她已经不能再像从前一样完美地完成各种高难度动作，但她依旧凭借着自己的顽强毅力获得了第五名的好成绩。

现在，在丘索维金娜的努力之下，阿里什的病情已经稳定，能够像其他的孩子一样正常上学了，而丘索维金娜的传奇仍在继续。2013年，她又在斯洛伐克的一项比赛中获得金牌。她甚至表示，如果条件允许，她就去参加2016年的奥运会。如果她的梦想成真，她将成为历史上第一位参加七届奥运会的传奇运动员。

心灵加油站

宝刀不老，是因为不能让刀老。为了给儿子支付高昂的医疗费用，丘索维金娜只能不停地重返体操赛场。和丘索维金娜一样，天下母亲对孩子的爱，都是深厚而无私的，一生为了儿女操碎了心。从你呱呱坠地的那一天起，母亲便用温暖的大手，把弱小的你揽在怀里，用甘甜的乳汁哺育你，教你学说话，学走路，送你上学。你长大了，离开了家，无论走到哪里，她都会每时每刻将你牵挂。母爱是平凡的，她没有轰轰烈烈的大事，所有的情感，都在一针一线、一言一语之中；母爱是伟大的，她为了儿女不辞辛劳，却从不要求回报。

心灵物语

没有绿色，就没有生命。爱护环境、保护地球非常重要，这已成为衡量一个国家，一个民族乃至一个人的文明程度的重要标准。

西双版纳雨林的德国保护者

马悠出生在德国慕尼黑的一个小镇。十八岁那年，马悠为德国环保人士开车。受环保人士的影响，马悠开始意识到环境保护的重要性。后来，他成功考入霍恩海姆大学，并获得博士学位，成了一名生态学家。

1989年，为了保护雨林环境，马悠来到菲律宾，尝试开展雨林再生工作的研究。当时，不仅仅是菲律宾，包括巴西等国的雨林都因为乱砍滥伐，破坏相当严重。怎样恢复雨林，让雨林再生，是一个世界性的难题。马悠在菲律宾的一座孤岛上没日没夜地干了很多年。

来这里看望马悠的朋友，看到小岛被湛蓝的大海环抱，风光秀丽，非常羡慕，说："你住的地方简直是天堂，四周被大树环绕，门口就是大海。"马悠只是苦笑着耸耸肩，那种连续多年在孤岛上生活和劳作的辛苦，没有经历过的人哪里能理解？后来，他对好友说："相信我，住在天堂里，长期看来简直比住在地狱还糟，因为住在天堂里你没有正当理由去抱怨。"

经过多年努力，马悠摸索出了全新的雨林再生经验，并被证明是成功的。他获得了当地政府奖，人们尊敬地称他为"雨林再造之父"。

1997年，马悠来到了中国，负责西双版纳热带雨林恢复与保护项目，任德国技术合作公司专家组组长。其间，他为西双版纳热带雨林恢复和保护做出了重要贡献，他还专门为欧盟设计了其有史以来最大的援华项目"中国西部生物多样性保护项目"，成立了"天籽生物多样性发展中心"，资金总额高达五千一百万欧元。

马悠认为，人有人权，生物也有自己的生命权。他发起了一个"天赋籽权"的生物多样性还林运动，寻求世界范围内的支持，为热爱绿色、和平的人们复原一个完全朴素的生态居所，帮助人们守护自己的圣洁家园。

在中国工作期间，马悠遇上了李旻果，两人结了婚，生了一对可爱的女儿。也许是在西双版纳工作和生活久了，也许是受出生在云南的妻子的影响，马悠爱上了云南，爱上了西双版纳。

马悠对西双版纳雨林保护问题充满忧虑。当地有些居民为了赚钱，砍掉了雨林，种起了橡胶树。"我们不能只看到眼前利益，雨林是地球的肺，对人类来说，是更重要也更长远的利益。"马悠这样对妻子说。

2008年，马悠和妻子李旻果带着两个可爱的女儿，来到西双版纳定居。他们说服当地政府，承包了一片六平方千米的土地。这片山地雨林因为砍伐过度，早已经成了荒地，村民以前经常在这里放牛。马悠和妻子在这里盖了属于自己的小房子，准备在这里长住，并种树育林，让这块被毁掉的山地雨林重现原貌。

马悠夫妻和他们雇来的农民天天上山种树，不管风吹日晒，刮风下雨。干活儿累了休息时，马悠跟妻子李旻果开玩笑说："这六平方千米的土地足够我干一辈子了。"李旻果笑着说："如果你能活到人类岁数的极限一百二十岁，就能见证这一切的发生。"马悠摇头笑道："我看我还是活到二百二十岁吧，那样就更万无一失了。"

两年多过去，他们夫妻在这里种了三百多万株不同种类的树。2010年1月26日，马悠的心脏病突然发作，在家中病逝，永远离开了他深爱着的雨林和妻子、女儿。李旻果将马悠葬在他们一直为之奋斗的那片山地里。她将两个女儿送到普洱读小学，自己则继续留在那里种树，她希望能够继续马悠的梦想，让这片荒山，重新变成一片美丽的雨林。

心灵加油站

地球是我们人类赖以生存的家园，地球环境的好坏直接关系到人类能不能继续生存下去的问题。环境保护问题已越来越为世界各国所重视。我们要正确认识到保护环境的重要性。要爱护地球，努力保持生态平衡，维护自然和平，合理利用资源，保护生物的多样性，与动植物和平共处，保护森林和绿色植被，多植树造林。要爱护动物，与动物交朋友，爱护水资源，节约用水，防止白色污染，自觉爱护一草一木。

心灵物语

残疾人作为一个特殊的群体，特别需要尊重与支持。尊重残疾人，也就是尊重生命。关爱残疾人，是我们共同的责任。

艾米的愿望

美国韦恩堡市的小女孩艾米患有脑瘫，行走不便，经常受到同学们的嘲笑。有的孩子还当着艾米的面，模仿她走路的样子，惹得围观的人哈哈大笑。艾米为此非常伤心。

快到圣诞节了，韦恩堡WJLT广播电台开办了一个名叫《圣诞愿望竞赛》的节目，请观众写信到电台，节目组织者将筛选出一些观众来信，满足他们的圣诞愿望。

母亲得知这一消息，非常高兴地告诉了艾米。母亲说：“我觉得你可以试一下，也许你的愿望会得到满足，说不定还能够得到奖品呢。”

艾米听后，咯咯地笑了。她开心地想，也许无所不能的圣诞老人真的能够满足自己的愿望呢。于是她拿起笔，开始写了起来。

亲爱的圣诞老人：

我叫艾米，今年九岁。我有一个大麻烦：我患有脑瘫，行动很不方便，在学校里，不少人都嘲笑我走路的样子。我想拥有一个没有人嘲笑我的日子，您能满足我的要求吗？

爱你的艾米

艾米的信被送到了广播电台，经理李·托宾读了艾米的信，被深深地打动了。他知道脑瘫患者平衡感不好，动作协调性差，连行走都很困难。艾米能够走路甚至奔跑已经很不容易了，她不应该再受到嘲笑。他认为，全市所有的人都应该听一听这个小女孩的遭遇和心愿。于是，他给熟悉的报社打了电话。

第二天，艾米的照片和她写给圣诞老人的信被《新闻前哨》报登出来，而且是登在报纸首页最醒目的位置。艾米的故事很快传开了。美国各大电视台、报纸均播发和转载了这一消息：这个名叫艾米的小女孩，内心里最渴望获得的，仅仅是这样一个愿望——没有嘲笑的一天！

人们被震撼和感动了。两千多人写信给艾米，他们在信中问候艾米，鼓励艾米。其中有一些残疾人，在信中讲述了自己被别人嘲笑、愚弄，以及后来战胜困难的经历。人们的关爱温暖了艾米的心灵，她再也不觉得孤单，再也不怕被嘲笑了。

艾米所在的南韦恩堡小学的学生们也发动起来。他们开始讨论嘲笑人的行为会给他人带来什么样的伤

害，老师也要求学生设身处地地想一想被人嘲笑的感受。通过讨论，好多学生都有收获，特别是那些嘲笑过艾米的孩子，都非常惭愧，表示再也不嘲笑艾米了。

南韦恩堡小学的师生们决定给艾米一个没有嘲笑的一天。这一天，艾米在学校过得非常幸福，每一个人都真诚地对待她、鼓励她，没有一个孩子嘲笑她，艾米一整天嘴角都挂着开心的笑容。

韦恩堡市市长看到了艾米的愿望，宣布12月21日为全市的艾米日。市长解释为什么要确定这个节日的时候，说："因为艾米敢说出这样一个简单的愿望，她让大家都学到了很多东西。"

"所有人，"市长说道，"都希望得到并应该得到尊重、尊严和友善。"

心灵加油站

在我们的身边，生活着这样一群不幸的人，他们有的生活在黑暗的世界里，有的生活在无声的世界里，有的因双腿残疾无法正常行走，有的因双手残疾无法正常生活，他们就是需要社会给予更多关注的残障人士。他们因为身有残疾，更需要关爱。关爱残障人士，首先，是要给予他们应有的尊重，不能因为他们身有残疾而嘲笑甚至耍弄他们；其次，要给予他们必要的帮助。比如：在盲人上街时，尽可能地提醒他们前方的障碍；在有条件时，给予他们经济上的支持；在条件允许的情况下，为他们提供就业机会等。

心灵物语

爱与感恩一直都是孪生子，从未分开过。因为有爱，所以感恩，因为感恩，所以更爱。

警察与工段长

“警察同志，快救救我的孩子，他不行了！”有一天，一名警察即将下班，正在收拾东西准备回家，办公桌上的电话突然响了。强烈的责任感让警察立即放下背包，拿起电话，听筒里传来一位妇女的哭声和呼救声。

警察挂了电话，开着车就冲了出去，按照妇女说的地址赶到了妇女家。一进门，他就看见一个一岁多的小男孩躺在床上，脸色是青的，听妇女话中的意思，似乎是吃了什么东西卡在喉咙里，憋得喘不过气来。警察二话没说，连孩子的母亲都没顾得上带，抱起孩子冲出门，上了警车，一只手抓着方向盘，一只手抱着孩子，风驰电掣般地冲向附近唯一的医院。

然而，车到中途，却不得不停下来。一群工人正在施工，将通往医院唯一的道路挖开了一个一米多宽，一人多深的大沟，警车根本过不去。

警察急得大喊："让我过去！我车上有一个被东西卡住喉咙的孩子，很危险，求你们把路接上，让我过去！"可沟这么深，哪里是马上能接上的啊！工人们你看看我，我看看你，都不知道怎么办才好。这时，工段长来了，了解情况后，将路旁的两块厚木板搬过来，对工友们说："救人要紧。我们都跳下去，把木板顶起，让车从上面开过去。"这群汉子默不作声地跳下去，托住木板，车唰地一下就冲过去了。警察很快到了医院，孩子得救了。医生对警察说："幸好你送得及时，哪怕再晚一点点，孩子就没命了！"警察惊出了一身冷汗。

第二天一早，警察又开车来到了那处工地。到了那里，警察发现道路施工已经完成，路已经接上，并重新铺得平平整整，工人们都已经离开了。然而，那个工段长仍默默地站在旁边，不知道在想什么。

听到警车的声音，工段长急忙跑了过来，泪流满面地说："警察先生，谢谢您，您知道吗？昨天您救的，是我的孩子！"

心灵加油站

工段长因为热心帮助别人，最终救了自己的孩子。这是生活中爱与回报的一个巧合。生活中这种巧合可能不会太多，但懂得感恩，乐于助人，确实比赚钱和干事业更重要。人人为我，我为人人，这个社会是一个循环的链条，爱能使这个链条良性循环起来。在很多时候，帮助别人只是举手之劳，你用自己的头顶、自己的肩膀扛起别人的一条生路，有可能，也是给自己扛起了一条生路。

心灵物语

一个人关爱另一个人，那么这两个人都有两份爱；两人一起承担痛苦，那么一个人就只有半份痛苦。

爱的回报

荷兰有一个小渔村，村里人都以捕鱼为生。这一天，一艘渔船满载着捕来的鱼往村子的方向航行。就在这时，海面突然狂风大作。狂风掀起巨浪，像一个恶魔，将渔船时而抛上高高的浪尖，时而扔到深深的谷底。最后，恶魔似乎玩腻了，将渔船无情地扔到一块暗礁上，渔船顿时被撞得四分五裂，船员们全都落入水中。

尽管船员们的游泳技术十分过硬，在狂风巨浪中纷纷抓住已经裂成几块的船板，但他们的情况仍非常危险。

幸运的是，在渔船还没有触礁前，船员们就发出了求救信号。村里的救援队接到呼救，二话没说就上了救援船，冲入海浪中。

队员们与狂风巨浪搏斗了近四十分钟，终于到达了求救船只所在的海域。救援人员将船员一一救起，拉到救援船上，可是，海上的风浪实在太大，遇险船员又太多，救援船实在装不下那么多人。无奈，救援船只能先留一个人在海里，掉头向海岸返回。

“他们回来啦！”看到救援船成功返航，海岸边响起一片欢呼。一直等候在那里的村民冲上前去，将遇险船员扶回家。疲惫不堪的救援队队长说：“还有一个人在海里，需要再组织救援队。”说完，他再也没有力气，累得瘫软在那里。

新的救援队在慌乱中组织起来。

“我去！”十六岁的汉斯主动要求前往。

母亲抓着汉斯的手臂央求说：“汉斯，你不能去！你的父亲十年前在海难中丧生，你的哥哥保罗三周前出海，到现在还没回来，一点音信都没有。汉斯，你是我唯一的依靠了，你不能再出事了呀！”

汉斯摇了摇头，说：“正因为我们遭遇了不幸，所以才不希望其他人也遭遇不幸。妈妈，您别担心，我不会有问题的。”

说完，他吻了母亲一下，毅然走上了救援船。救援船很快消失在海平面那一边。又过了一个小时，这一个小时对汉斯母亲来说，比一年还要漫长。她一直站在海边最高的地方，翘首盼望汉斯的归来。

就在这时，海面出现了一艘船的轮廓，是救援船！

救援船越来越近了，船上的人影已经能看清楚了。母亲看到，船头站着的一个人正是汉斯。

母亲高兴地对着船大喊："汉斯，你没事吧？"

汉斯大喊道："我很好。妈妈，您知道最后这个被救的人是谁吗？是哥哥，他还活着！"

原来，汉斯的哥哥保罗三周前遭遇了一次海上风暴，被这次遇险的船只救起。正是汉斯博大的爱心，才使哥哥有了生还的希望。

心灵加油站

汉斯因为心中有爱，热心帮助别人，最终救了自己的哥哥。这个故事，很好地诠释了那句老话：善有善报。很多时候就是这样，你付出了爱，这份爱可能就会回报到你自己身上。你给我一个苹果，我们拥有的，还是一个苹果。你给我一份爱，我们拥有的，便是两份爱。爱与有形物质不同，有形物质不会无缘无故地增加，爱却是可以无限增加的。每个人奉献一点爱心，就能汇聚成一个爱的海洋，这个世界必将因此变得更加和谐幸福。

心灵物语

人无完人，如果只记得朋友的不好，会影响彼此的交往。如果只记得朋友对自己的爱，对待朋友的感情会更加纯粹，也更能赢得真正的友情。

忘记仇怨，记住恩惠

有两个人结伴行走，他们是很要好的朋友。

走着走着，两人迷路了。甲指着前方说：“我们该往这个方向走，我的感觉没有错。”乙说：“不，应该向左前方走，我们刚刚走的路不对。”

两个人于是争吵起来，谁也说服不了谁。朋友甲是个急脾气，抬手给了乙一个耳光。乙很伤心，拾起一根树枝，在沙里写道：“今天我的朋友打了我一巴掌。”

两个人还是幸运的，就在他们茫然不知前路的时候，他们遇到了一个商队，商队带他们走出了沙漠。

随后，他们来到一片沼泽地。在过沼泽的时候，乙不小心陷到了泥潭里，身体不断下沉，眼见着就要没命了。甲不惜一切地扑过去，拼了命去救他，最后，将乙慢慢地拉出了沼泽，救了乙的命。

乙非常高兴。他拿了一块石头，又取出随身携带的刀，在上面刻道：“今天，我朋友救了我一命。”

甲一头雾水，奇怪地问：“为什么我打了你一巴掌，你把它写在沙里，而我救了你一命你却把它刻在石头上呢？”

乙笑了笑，回答道：“当别人对我有误会，或者有什么对我不好的事，就应该把它记在最容易遗忘、最容易消失不见的地方，由风负责把它抹掉；而当朋友有恩于我，或者对我很好的话，就应该把它记在最不容易消失的地方，风吹雨打也忘不了。”

心灵加油站

在这个世界上，爱与仇、恩与怨往往交织在一起，很难分得特别清楚。许多人对你，可能既有爱和恩惠，又有仇怨；既有帮助，也有争执。水至清则无鱼，人至察则无徒，如果你过分苛刻地要求别人，最终的结果，很可能是一生孤独，没有朋友。我们要向文中的乙学习，尽可能忘记朋友交往中不愉快的一面，记住别人好的一面，记住别人对自己的爱和恩惠，这样，我们的心态会越来越阳光，我们的朋友会越来越多，我们的心会越来越温暖。